青い記憶

田村優之

ポプラ文庫

青い記憶

——希《き》一《いち》へ

薄いミルクの皮が一面を覆っているような、奇妙な質感のくもり空だった。雨が降りそうで降らない、居心地の悪い湿り気が体にまとわりついている。

父さんは河田《かわだ》町《ちょう》の女子医大病院の帰りに、牛込柳《うしごめやなぎ》町《ちょう》の地下鉄駅に向かって、外苑東《がいえんひがし》通りを歩いていた。

銀杏坂《いちょうざか》を越えて瑞光寺《ずいこうじ》の脇を過ぎたころ、左側に古書店があった。木造モルタル二階建ての古ぼけた建物の一階で、違う系列の二つのコンビニにはさまれていた。

入口前のワゴンには「どれでも百円」という手書きのポップがあり、文庫本やＤＶＤが乱雑に積まれている。古書を売るということに特にこだわりはなくて、ほかにすることもないから、と惰性だけで続けていることを感じさせる佇まいだ。

そんな店にふと入り込んだのは、自分に襲いかかってきた事実と向き合うのを、少しでも紛らわせたかったからだろう。

ぼんやりと書架を眺めているうちに、棚差しになっていた「パリ美術留学」という背表紙が目に入った。

今の一般的なハードカバーのサイズよりは二回りほど小さい。表紙はパリの蚤の市を描いた水彩の抽象画だ。筆者は知らない人だったが、新聞社の美術記者だと紹介されていた。奥付を見ると発行日は昭和四十四年、つまり一九六九年となっている。ちょうど、父さんが最初にフランス生活を経験した年の出版で、不思議な偶然を感じた。

そのとき父さんは八歳だった。上智《じょうち》大学で美術史を教えていた君のおじいさんがパリの高等師範学校（ノルマル）の交換研究員に派遣され、家族三人でフランスで暮らし始めた。そもそも交換研究員に手を挙げたのは、父さんに若い時期に外国を体験させておきたいという狙いもあったのだそうだ。そしてコンコルド広場の脇の日本人学校に五年間通うことになった。

家族で借りていたアパルトマンはモンマルトルにあった。二十世紀初頭、モディリアニやゴッホ、ユトリロ、若き日のピカソらが暮らした芸術家の街だ。栄光の時代ははるかに過ぎ去ってしまっていたが、彼らの仕事場や通っていたカフェ、描かれた絵のままの街並みはそのまま残っていて、石畳の坂のそこかしこで、似顔絵売りや画家志望の若者がイーゼル（画架）を立てていた。

そんな場所で少年期を過ごしたことが、父さんの絵や美術に対する憧憬を深め、後に日本とフランスで美大の受験を試みることにつながったのだと思う。結局は（君もわかっているとおり）、絵の道はあきらめ、一介のサラリーマンとして、とても現実的な人生を生きていくことになったのだけれど。

古書店には、客が一人も入っていなかった。所用で店外に出ていたのか、店番の人の姿すらない。

そのまま「パリ美術留学」をぱらぱらとめくった。岡田謙三《おかだけんぞう》や東郷青児《とうごうせいじ》、野口《のぐち》弥太郎《やたろう》、宮本三郎《みやもとさぶろう》ら、大正から昭和初期に活躍した日本画家たちのパリでの留学時代のことが書かれていた。彼らが若く、貧しく、でも野心に満ちて輝いていた時代の評伝だ。

ろくに読まないうちに、抑えていた感情が堰《せき》を切ったように湧き上がった。そのまま思いがけず膝が崩れ、書棚に背を打ちつけた。耐えきれず、しゃがみこんだ。

――俺は結局、何もできなかったじゃないか。

父さんは大学を出て新聞記者になり、前半は支局と支社をめぐり、後半は経済部に所属して記事はたくさん書いてきた。製紙会社の合併報道や、航空会社の社長人事のスクープなどで、局長賞という大きめの賞を何度かもらったこともある。だけど、ここ数年、それがどうしたのかと思うようになった。発生しては消えていく膨大な情報をその場その場で追いかけ、紙面に流していっただけではないかと。

新聞記者になるとき、父さんは心の中である人に約束した。世界が少しでも良くなるような記事を書く、と。そう思うことが、心が崩れ落ちそうだった若い時期の父さんの、最後の支えになっていた。
だけど自分の仕事を振り返って、その約束を守れたかと思うと、本当に少しも自信がない。父さんはかび臭い書架を背中に座り込んだまま、泣き出してしまいそうになるのを必死にこらえ続けた。

古書店に入る数時間前、父さんは女子医大病院で、医師に頭部のＭＲＩ写真を見せてもらっていた。ＭＲＩというのは強い磁力を使って組織の中にある水素原子などの動きを調べ、コンピューターで画像にする機械だ。

医師は自分とほぼ同じくらい、四十代後半に見えた。診断を受けるのはその日で三度目だった。脳の画像を光源にかざしながら、こちらを思いやるような、けれども毅然とした言い方で、「悪性リンパ腫の疑いが強いと思います」と言った。
右側頭葉の部分には、親指の先ほどの大きさの、黒い影が映っている。二週間前と違って今回は造影剤を入れての撮影であり、ほぼ間違いはないのだという。

「腫瘍の位置が脳幹の近くなので摘出手術は難しいですが、最近はガンマナイフといって、患部にだけ照射する放射線治療もあります。脳外科手術に比べて感染症や合併症の危険性は多くありません。ただ北川《きたがわ》さんの腫瘍がガンマナイフが効きやすいタイプのものかどうかは、もっと検査が必要です。場合によっては免疫療法も同時に進めていきましょう」

力づけようとしてくれるのがわかる言葉なのに、体から瞬時に血がすべて失われたような気がした。「脳」と「悪性」という言葉はそれほど恐ろしく思えたのだ。

「正直申し上げて、悪性脳腫瘍の場合、五年生存率は通常はあまり高くありません。しかし北川さんの場合、悪性度が低い方から二番目のGrade2程度のものと判断できます。最悪のGrade4のものなら生存期間が一年未満ですが、Grade2ならガンマナイフ治療が有効に働いた場合、完治できた症例もあります。もしご希望でしたら、セカンドオピニオンを受けられる病院を幾つかご紹介しますが、なるべく早い段階での治療開始をお勧めします」

口調には、自分の診断に対する自信と同時に、患者への責任感が滲み出ていた。それでも父さんには、自分に起きていることを、最後まで現実感を伴ってとらえることができないままだった。

薄いベージュの上着を着た五十代の女性が古書店の入口から入ってきた。店の人らしかった。しゃがみこんでいる父さんに気づいて、そこで足を止めた。逆光で顔は見えなかったが、ぎょっとしているのがわかった。あたり前だよな。父さんはあわてて立ち上がった。背中で強く押してしまい、棚が揺れてひやりとした。「これをいただきます」と言って「パリ美術留学」を見せた。二千四百円だった。四十年前の発刊時に四百二十円だった本の値段として、高いのか安いのかよくわからない。

——希一。

本の代金を支払いながら、心に浮かんだのは君のことだ。

伝えておきたいこと、見せておきたいことが、本当にたくさんある。

君は十三歳で兵庫の中高一貫校の寮に入り、あまり東京に戻ってこなくなった。たまに会えたとしても、ほとんど口をきこうとはしない。一緒に食事をするだけでも、早くこれが終わってしまえばいいと思っていることがわかる。

十五歳という今の年齢は、そういうものなのかもしれない。父さんも、君くらいの年代には、おじいさんに対してそんな感じ方をし、おじいさんを悲しませた記憶がある。

しかも僕らは、母さんを七年前に亡くしてから、まるで共通の言語を失ったようになってしまっていた。

父さんも君も、母さんのことが本当に大好きだったよな。母さんはいつも光がさすみたいに笑っている人で、職場でも家庭でも、いるだけでみんなの気持ちを解きほぐしてくれた。そんな母さんがいなくなったのに、父さんは仕事で忙しく、まだ九歳だった君のそばに十分いてやることができなかった。

最近になって父さんは、君が成長して二十歳を超えるような時期になれば、再びいろいろと話せるようになるのではないかと、待つ気持ちになっていた。

でもそんな時期が来るかどうかなど、わからなくなった。自分の精神が、時間が、それまで届かない可能性が出てしまった。

その場合、君にほとんど何も伝えられないまま、いなくなってしまうことになる。そう思うと、自分の人生が霧のように消滅してしまうような、とてつもない寂しさに包まれる。

父さんは精一杯、あがこうと思う。でも、それが叶わなかったときのために、父さんが何を考えて生きていたか、そして何を伝えたかったかを、可能なだけこれから書き残す。その中では、おかしてしまった罪のことも、隠さずに書く。

父さんは十代の終わり、東京芸大《とうきょうげいだい》の受験に二度失敗し、早稲田《わせだ》の商学部に入学した。芸大を受けながらでも早稲田に合格できたのは、試験科目の外国語で得意なフランス語を選択できたことが大きい。一度目のフランス生活の帰国後も週一で語学学校のアテネ・フランセに通っていたので、語学力はあまり落ちなくてすんでいた。

けれど入学後も絵に対する思いが心の中にくすぶり続け、抑えられなかった(振り返れば、才能のなさを認めたくなかっただけなのかもしれない)。

結局ほとんど大学にいかないまま、五月に大学を休学して再びパリを訪れ、現地の美術学校に入学するための美術試験予備校《プレパ》で絵の勉強を始めることにした。

このことは、君が小さいころに何度か話したことがあるのだが、覚えているだろうか。

ずっと留学に反対していた君のおじいさんは、父さんの気持ちが変わらないのを知ると、藤沢に老後のためにと買っておいた小さな土地を売却して費用をねん出してくれた。

それほどのことをしてもらいながらも、結局、父さんは絵を描いて生きていくことはできなかった。

パリでの最後の日々は、美しい伽藍《がらん》が轟音《ごうおん》とともに崩れ去るように、突然に途切れた。父さんはそのまま日本に逃げ帰った。

当時の行動は、結果的に見れば罪と言えるものだった。その思いは自分を苦しめ続けた。日本に帰ってからも長い間、湿った霧に包まれ続けていたような日々を過ごした。母さんは、そんな霧の中から父さんを連れ出してくれた。

今になって父さんは、君にもすべてを知ってほしいと思う。

細い銀色の糸が張りつめていつ千切れ飛ぶかわからないような、けれども光と煌めきにあふれた日々が、人生には存在するということを。もしかするとそれは、父さんの行動次第では、いつまでも途切れずに続くものであったのかもしれない。

♪

再びフランスで暮らし始めたのは十九歳の五月。

パリは、リラの花盛りだった。

「花に埋もれてしまいそうなこの女性、私かしら？」

屋台でホットドッグを買ってからイーゼルのところへ戻ると、フランスでは珍しい黒髪の女性の後ろ姿がみえた。彼女はキャンバスに目を向けたまま、振り向かずにそう言った。

モンマルトルの丘の頂上に近いテルトル広場でのことだった。ちょっと動揺した。本人の許可も取らずに、勝手に描きこんでいたからだ。

その広場はモンマルトルの象徴ともいえるサクレ・クール教会の目の前にある。サクレ・クールはビザンチン様式の白い壮大な建築物で、柔らかな曲線を持つ巨大な中央ドームが特徴だ。石畳で覆われた広場にはあちこちに似顔絵描きのイーゼルが見え、観光客であふれている。

大歩道のすぐ脇に大きなリラの木が植えられ、白と青の花が咲き乱れていた。大ぶりの枝のすぐ真下に、土産物の帽子を売るワゴンがあった。リラの花色に合わせたような、白と青の格子柄《こうしがら》のパラソルを屋根にしている。その売り子がオルガだった。

「現実とは違う景色ね」

いぶかしそうな声だ。

僕はキャンバスに、一面のリラの森を描いていた。その中の円形の空き地に、一人の少女が立っている。強い太陽をまっすぐに浴びて、まっすぐにこちらを見ている。

最初は素直にサクレ・クール教会をバックに一本の大きなリラの木を配置した光景を描こうとしていたのだが、だんだん、教会を美しいリラが取り囲む絵にしたくなった。そして現実には目の前にないリラの森に、さんさんとただ陽が注いでいる風景を描き始めた。

リラの淡い青色を正確に表現するためにリラの木にときどき眼を移しているうち、脇で帽子を売っている少女が、いつの間にか気になり始めていた。真っ黒い縮れたショートヘアと、少し褐色の肌。大きな目は意志的で、肉厚の唇をしている。少しアラブ系の血が混じっているのではないだろうか。

表情は目まぐるしく変わり、なんだか、美しい肉食動物を思い浮かべた。それがリラの花の清楚さと対照的で、同じ構図の中に入れると面白い効果が出る気がしたのだった。

「ごめん、勝手に描いて」

オルガは振り返って、笑顔を見せた。目の前で赤褐色《せきかっしょく》のダリアがいきなり満開になったようだった。僕が二つのホットドッグを持っているのを見ると、「じゃあそれ、お礼に、一つ頂戴」と言った。おなかが減っていたのだそうだ。

僕らは花壇の縁石《えんせき》に腰掛け、ホットドッグをかじり始めた。パリは北海道《ほっかいどう》よりも緯度が高く、五月はまだ日によっては肌寒い。しかし空気はとても澄んでいて、青空は透明に光っていた。

十メートルほど先の道端に手まわしオルガンの屋台が出ている。車輪がついた移動式の楽器で、ハンドルを回せば音楽が流れ出てくる。白いシャツに黒いベストを着た髭《ひげ》の店主が、音楽に合わせて聞き覚えのあるシャンソンを歌っていた。手回しオルガンの前には白いバケツが置かれ、歌を聞いた観光客たちが小銭を投げ込んでいく。

「ここ四日、あなた毎日来てるわね」

オルガはそう言いながら、口元に付いたケチャップを舌で無造作に舐《な》めとった。自分のことを気にしていてくれたのか、という嬉しさとともに、オルガの赤い大きな舌が見えたとたん、僕は体を縛られたようになった。正直言うと、すごいセックスアピールを感じたのだった。白い革製のロングコートの下は花柄のワンピースで、体つきの割に大きな乳房が布地を内側から押し上げている。

「君はいつからいるの？」

オルガの胸から目をそらしながら聞き返した。

「私も四日前から。今週いっぱい、学校が創立記念の休みで、今度の日曜日までがバイトの約束なの」

「大学生？」

「うん。高等師範学校《エコール・ノルマル・シュペリウール》」

思い切り口をあけてホットドッグをかじるオルガを、びっくりして眺めた。

フランスの名門大学というと、日本だけでなくドイツなど欧州の他の国でさえ、ソルボンヌばかりが有名だ。でも実はノルマルはソルボンヌよりも試験は難しいくらいで、卒業生の多くは政府機関に入ったり大学の研究者になったりする。そしてそれは、父がかつて交換留学生となり、まだ八歳だった僕を連れて渡仏した大学だ。

オルガは政治学科の三回生だった。二十一歳で、僕より二歳上だ。

祖父がアルジェからの移民で、祖母と母親はフランス人というから、クォーターだ。アルジェ系と聞いて、フランス人離れしたオルガの容姿の理由がわかった気がした。母親は数年前に亡くなったが、父親はシャモニで医者をしているという。

「あなたは？　留学生かな？」

そう聞かれたのは、僕のフランス語がたどたどしかったせいかもしれない。八歳の初めから五年間暮らして自信はあったが、ネイティブとはやはり違う。

「うん。絵を勉強してる」

「国立高等美術学校《ボザール》？」

「いや、ボザールの秋の試験を受けようと思って、美術試験予備校《プレパ》に行ってる」

「芸術家の卵なんだね」

オルガはまっすぐに僕を見た。そのとき、瞳が澄んだ濃い赤褐色なのがわかった。はるかな時間の流れと様々な血の混交が、この女性を作り上げているのだと思った。

彼女は普通の意味での美人ではなかったのかもしれないけれど、その容姿はアンバランスな魅力で満たされていた。顔そのものは小さいのに、目も鼻も口も大きくて情熱的に見える。そして華奢《きゃしゃ》な体つきに似合わない、ロケットが突き出たような胸。手足はすらりと長く、きびきびと小動物のように敏捷《びんしょう》に動き続ける。

「どこに住んでるの？」

そう聞くオルガの唇は、濡れたように光っている。

「ここからすぐ近く。フニクレールの脇のアパルトマン」

フニクレールというのはモンマルトルの麓《ふもと》と頂上を結ぶ短いケーブルカーだ。すぐ脇に石段があって、徒歩で登ることもできる。僕は始発のシュザンヌ・ヴァラドン広場から五、六分歩いて登ったところにある三階建てのアパルトマンに住んでいる。

玄関の前に石造りのペガサスの彫像があり、脇の植え込みには二メートルほどのリラの幼木が植えられていた。

赤褐色の瞳が、珍しいものを見るように笑いを含んだ。

「いまどき、画家の卵でモンマルトルに住む人なんて、珍しいわ」

少し気恥ずかしい感覚にとらわれた。

要するに、モンマルトルが本当の意味で芸術家の街だった時代ははるか昔に終わっている。この街が本当に輝いたのは二十世紀初頭であり、その後はもう偉大な画家を生み出せていない。僕が再びそこで暮らし始めた一九八一年のモンマルトルは、過去の栄光を観光資源にしている俗な観光地に変わってしまっていた。

——だけど。

僕はオルガに、ついむきになって反論した。

「それでもこの街は、絵を描きたい人間にとって、やっぱり特別な場所なんだよ。

俺はせっかくパリに来るんなら、ここで暮らしたかった」

　あるいはそういう感覚は、僕らのようなフランス以外の人間の方が強かったのかもしれない。例えばピカソやルソー、ドンゲンたちが暮らした長屋、「洗濯《バトー》船《ラヴォアール》」は火災で焼失後、一九七八年に再建され、近代的なアトリエの集合体に変わっていた。そして世界各国から新進気鋭の芸術家たちが新しくなった「洗濯船」に集い、絵を描き続けている。

「ごめん。からかおうなんて、思ってない」

　オルガは僕を見て、歌うようにそう言った。そのまま彼女の喉《のど》から、小さな歌声が流れ始めた。

——Je vous parle d'un temps. Que les moins de vingt ans
——Ne peuvent pas connaître. Montmartre en ce temps-là
——Accrochait ses lilas

――はるか昔に去った、二十歳にも満たない日々のこと
――僕らはモンマルトルに住んでいた
――窓辺の下までリラの花々が咲いていた

哀しみを帯びたシャンソンだった。

彼女の話し声は少しハスキーでどちらかというと低音なのに、歌声は高く澄んでいる。

「この歌、知ってる?」

歌を中断して僕に聞いた。

どこかで聞いたような気もしたが思い出せず、首を横に振った。

オルガは広場を行き過ぎる人たちの注意を引かないような小さな声で、再び歌い続けた。


――Jusque sous nos fenêtres. Et si l'humble garni

——Qui nous servait de nid. Ne payait pas de mine
——C’est là qu’on s’est connu. Moi qui criait famine
——Et toi qui posais nue

——みすぼらしい家具付きの部屋が僕らの愛の場所だった
——モンマルトルで僕と君は出会った
——僕はおなかをすかせていて
——君は僕のために裸のモデルをしてくれた

曲は、抑えていた感情がほとばしるようなサビに変わった。

——La bohème, la bohème
——Ça voulait dire tu es jolie
——La bohème, la bohème

——Et nous avions tous du génie
——ラ・ボエム
——それは君が美しいということ
——ラ・ボエム
——僕らはみんな才能があった

そこで、僕はその歌を思い出した。

「ラ・ボエム」。確か有名なシャンソン歌手が歌った、若く貧しい、芸術家の歌だ。ボエムというのは、ボヘミアン、自由だった日々、とでも言うような意味だろう。

やっぱり、からかわれているのだろうか。芸術家気取りの、夢見がちで何も知らない人間なのだと。

僕らのすぐ前を通り過ぎた三十代くらいの男性観光客が、歌声を小耳にはさんだのか、ふりむきざまにオルガに指笛を吹いてみせた。

オルガは照れたように歌をやめて微笑んだ。

「今までみたいにチラチラと見るんじゃなくて、これからは私を思い切り見つめて描いていい。でも、――良い絵にしてね」

僕は少し前のオルガの歌声が、まるでリラの花のようだったと思った。


華やかなダリアのような容姿とは違うイメージの声。

清楚なのにふわりと咲き誇る、淡い青色のリラ。


♪


「この青は素敵だね。……コンポーズブルーに、何か、混ぜてるのか？」

ガレがいつものおずおずとした声で聞いた。

フニクレールの路線のすぐわきのアパルトマン。路線の向こうにはウィレット公園が広がっていて、見晴らしがいい。その日曜日は雨で、僕は部屋で美術試験予備校《プレパ》から出された課題に手を加えていた。

　借りていたのは二階にある十畳ほどの部屋で、小さな出窓がついていた。窓の外にはサクレ・クール教会の尖塔《せんとう》が雨にけぶっている。

「ほんのちょっとだけ、バーントアンバーとターコイズを入れてる」

「バーントアンバーか。俺も……、やってみる」

　そう答えながら、ガレは僕の絵を覗き込む。

　ガレは部屋が向かい側で、僕が受験しようと思っている国立高等美術学校《ボザール》の二回生だった。僕より一回りも小さく、百六十センチ台の半ばだっただろうか。痩せて貧弱な体つきだ。フランス人はアングロサクソンほど身長が高くはなく、彼のように小柄な人間も結構多い。

「おい、見るなよ。ボザールの学生に見られると、恥ずかしい」

「なんでだ。君の色の配置、俺は……、好きだ。じっくり見せてくれ」

　まだ若いのに、四十歳くらいに老けて見える。いつも悲しげな表情で、どもるように話す。

「ガレ、君の絵も、見せてくれよ」

そう言うと彼は「いつかな」と答えるのだが、まだ一度も部屋に入れてもらってはいない。すまなそうに「昔から、自分の部屋に人に入られるのがどうしても嫌なんだ。両親とか、兄妹でも」と繰り返す。そのくせ人の部屋には頻繁に訪れるのが不思議だったが、ある種、神経症的なところがあるのかもしれないと思い、強くは言えなかった。

「なんだか、……雨が体の中に浸みこんでくるみたいだ」

ガレはいきなり窓際に立ち、顔をしかめながら大きく息を吸い込んだ。右手にはクレマン・ダルザスというスパークリングワインが入ったグラスを持ったままだ。グラスが少し傾き、そのイエローゴールドの液体がこぼれそうなのでひやひやする。

ガレの実家は代々、アルザスで比較的大きなホテルを経営している家系で仕送りは豊かだったが、性格なのか堅実な生活をしている。高価なシャンパーニュには手を出さず、いつもこの割安なアルザスのスパークリングワインを僕の部屋に持ちこんでくる。

「シュウは、雨、好きか？」

振り返らないまま、そう聞いた。北川周輔《しゅうすけ》という僕の名を略して、フランスにいる間、僕はほとんどの人からずっとシュウとよばれ続けていた。

「好きだよ。なんだか落ち着く。むしろ、晴れている日より好きかな」

ガレは何も答えず、背を向けたままクレマン・ダルザスを喉に一気に流し込む。くるりと振り返り、また僕のイーゼルの隣に立ち、絵に視線を落とした。

「その青は、海？　川？」

「なんとなく」と答えると、「変わった絵だな。空が赤いのに、地面のジョーンブリアン（ベージュに近い色だ）との間に、不思議な青色がある。水を表しているのかと思った」

そのとき描いていたのは、月食を背景に老人が立ちすくむ構図の絵だった。色の配置に意外感を出したかった。

夜空のはずなのに空は青ではなくコーラルレッドの単色で描き、そして老人の背景にはコンポーズブルーに幾つか色を混ぜた青を置くことにした。ガレの言うように、それは遠くに海か川があるようにも見えるが、どう判断してもらってもいい。完成まで八割程度の段階だが、自分ではそこそこの出来であるように思えた。

ガレがすぐ脇でグラスのクレマンを注ぎ足す。いつもながら、少しペースが速い。

「どう思う?」

僕は少し緊張して聞いた。ボザールの現役学生に、自分の絵はどう見えるのだろうかと。

ガレは僕の絵に視線を落としたまま、クレマンを三分の二ほど一挙に喉に流し込んだ。そのまま十秒近く黙り込んだ。

駄目なのか、と不安になったころ、かすれた声で言った。

「……俺が試験官でこの絵が評価作品なら、たぶん通す。……ほかの応募者のレベルにもよるけど」

「ほんとか？」と思わず声が出た。

ガレはにこりともせず、キャンバスを見続けている。

「面白い青色ができてるし、あと、月の周囲の線がいい。ここだけくっきりと、強い線で囲まれている。君は、いい線が描ける絵描きかもしれないな」

窓の外で雨の音が強くなった。さきほどまでは霧雨だったのに、雨脚が強くなったせいで空は薄暗く変わり、サクレ・クールは灰色の遺跡のように彼方にくすんでいる。

思い出したのは、「雨にうたるるカテドラル」。高村光太郎《たかむらこうたろう》の詩だ。

おう雨にうたるるカテドラル。
息をついて吹きつのるあめかぜの急調に
俄然とおろした一瞬の指揮棒、
天空のすべての楽器は混乱して

今そのまはりに旋回する乱舞曲。
おうかかる時黙り返つて聳え立つカテドラル、
嵐になやむ巴里の家家をぢつと見守るカテドラル、
今此処で、
あなたの角石に両手をあてて熱い頰を
あなたのはだにぴつたりと寄せかけてゐる者をぶしつけとお思ひ下さいますな、
酔へる者なるわたくしです。
あの日本人です。

高村光太郎は今は詩人として有名だが、東京芸大の前身である東京美術学校出身で彫刻と絵画に取り組んでいた。パリにも一年弱滞在したことがある。そのころをテーマにした詩だろう。雨の中でそびえ立つ壮麗な西洋建築に圧倒され、自分の小ささを感じながらも、酩酊《めいてい》して素直な礼賛を吐き出す寂しい日本人。まるで今の自分だ。自分もいつか、光太郎のようになんらかの業績を残せるのだろうか。

少し風も出て、雨粒が部屋に吹き込み始めた。

ガレがつかつかと出窓に近づき、両手で窓を閉めようとした。古ぼけた窓は、閉めるのに強い力が必要だった。ガレは小柄で力も弱く、途中で動かなくなった。

「シュウ、手伝って！」

かすれた高い声でそう叫んだ。どこか切迫したような彼の態度に驚きながら窓に近づき、思いきり力をこめて窓を閉めた。電気をつけていなかったせいで、部屋は窓を閉めると急に暗くなった。

ガレはイーゼルの傍の椅子に腰掛け、新しくクレマンをグラスに注いだ。そのまま僕を見て、「……線に力があれば、絵は成功する確率が高くなる」と、また四十歳を過ぎた中年のような声で、ぼそぼそと付け加えた。

彼がボザールの油絵科の学生ということはありがたかった。大学に関するいろいろな話を聞くことができ、なかには十一月の編入試験の際の有力なアドバイスになりそうなものもあった。

例えば実技試験とは別に提出が求められる四、五点の作品。すべて完成形で出すよりも、色を塗らないデッサンだけのものを一つくらい交ぜた方が好まれるらしいということを、僕は初めて知った。

「線の力を判断したいからなんだって」

——線の力。それをどう説明すればいいだろう。

確かに油絵が完成してしまうと、描くスタイルによっては下絵に使われた線が色で塗りつぶされ、わからなくなってしまうこともある。だから、必ずしも線が絵の魅力のすべてを左右するわけでもない。

しかし、例えばピカソの「青の時代」の幾つかの作品。「シュミーズ姿の少女」でも「パイプを持つ少年」でも何でもいい。黒、あるいは青で示された濃い色の輪郭線が、どれほどの魅力になっているだろう。

それはただの塗り残された下絵の一部ではなく、線として独立している。そして線の力が、色彩と同じくらい重要であることを鮮烈に主張している。

線は世界をその輪郭の中に呼び込み、閉じ込める結界だ。結界であるからこそ、そこには外部の何物をも拒絶する強さがいる。

それは多分、学ぶことで身につけられるものではなかったのだろう。何万人かに一人、神様がキスしたような人間は、誰もを震えさせるような線を、口笛を吹きながら描いてしまう。


♪


——希一。

父さんは、自分も、その一人だと思っていた。

おじいさんの仕事上の付き合いがあった武蔵野《むさしの》美術大学の講師に、毎週土曜日の夕方、油絵の個人レッスンを受け始めたのは中学二年のときだ。おじいさんは父さんが学校の美術の時間に描いたものを見ているうち、才能があるのではないかと思ったのだそうだ。ただし別に画家にしようと思ったわけではなく、一生続けられる趣味を持つことが人生を豊かにするだろうという、軽い感覚だったらしい。

ちなみに父さんは、フランスで始めた格闘技（最初のパリ生活で暮らしたアパルトマンの隣がたまたまキックボクシングのジムで、子供も受け入れていた）も帰国後に続けていた。

帰国後に通ったジムは荻窪《おぎくぼ》にあり、練習時間は絵のレッスンと同じ土曜の、午後一時からだった。臭いパンチンググローブと汗で水浸しのようになったTシャツをバッグに入れたまま、父さんは当時まだ独身だった山崎《やまざき》先生の吉祥寺《きちじょうじ》のアパートに通った。でもジムで疲れきっていることが多くて、何度か絵筆を持ったまま眠り込んでしまい、よく先生に叱られた。

ある初夏の土曜日、いつものように一瞬眠りに引き込まれたことに気づき、しまったと思いながら山崎先生を見ると、先生は父さんの描いたデッサンを凝視していた。そして「君の線は、ちょっとほかの人間とは違ってるな」と言った。賛辞の言葉であることがわかったし、父さん自身にも自負があった。

周囲には描きかけの山崎先生の絵が散乱していて、どれも自分では到底近寄れないような技巧に満ちている。それでも父さんには、当時から自分の絵には、山崎先生のものをすらどこか勝る何かがあるのではないかと不遜にも思っていた。


高一と高二の二年続けて、父さんは全日本学生油絵コンクールに入選した。「学展」と呼ばれ、当時は学生の美術コンクールとしては最も権威のあった賞だ。西田信一《にしだしんいち》らによって一九五〇年に設立された賞で、第一回、一九五一年の受賞者の一人は池田満寿夫《いけだますお》だった。

一年目の受賞作のタイトルは「ｄａｎｃｅ」。全国紙の都内版に、審査員の一人の選評が掲載された。君にも母さんにも見せたことはないが、そのときの黄ばんだ新聞記事を、父さんはスクラップして今も持っている。

「――摩天楼の上空に男性が激しく踊りながら浮遊している。後方の夜空に、黄色い長い縦の亀裂が見える。これはもしかすると引き裂かれた月であろうか。

木炭の定着が十分でないために発色に濁りがあるなど技術面での改善点も多いが、構図やモチーフの大胆さ、ためらいのない鮮明な描線が今後の成長を期待させる」

二年目のタイトルは「無題」。やはり新聞で選評が載った。

「夕暮れのほの紅い光が満ちた、これは美術室だろう。三人の制服姿の少女が椅子に腰かけ、イーゼルに絵筆を向けている。しかし、少女たちの下半身は少しずつ薄れ、膝のあたりから周囲の紅い光に溶け込むようにほぼ消えてしまっている。このためにこれは現実の風景ではなく、かつての存在の記憶にしかすぎないのではないかという不思議な思いを抱かせる。モチーフ選びの特異さとともに、昨年の入賞作とはまったく異なったテーマへ挑戦する姿勢に、若さの持つ意欲と可能性を感じた」

父さん自身、自分の絵の取柄は、「線の力」とともに他人とは違った構想力にあると思っていた。この二つをともに持ち合わせていることが、自分の才能なのではないかと。

たぶん父さんは何かを持ってはいたのだろう。しかし問題は「持っている程度」だ。人よりもはるかに突出したものを持っていなければ、絵を描くことだけで生きてはいけない。

今ではもちろん、当時の自分が絵に関する「何か」は確かに持っていても、それは「突出した何か」ではなかったのだと知っている。でもあのころ自分に「何か」があると考えたのは仕方がなかったし、むしろそういう自負を持った高校生であった自分に、微笑みかけてやりたいと思う。

二年連続の学展の入賞というのは、非常に珍しいことのようだった。

山崎先生も、そして高校の美術教師も、父さんに真剣に芸大受験を勧めた。

美術史の教授であり、食べていけない画家が多いことを嫌というほど知っていた父は、「東京芸大に現役で入れるくらいの実力があるのなら認める」と言いながらも、通常の大学も併願しておいて不合格の場合はそちらに進むことを条件とした。

山崎先生は高三になったとき、芸大の受験予備校へ通うことを勧めた。

当時の東京芸大は、実技試験の一つとして二日半という期限の間に油絵を仕上げることを課していた。絵の具が乾くまでに時間がかかる油絵をそんな短い時間で描くためには、溶き油の乾燥度から、速く描くために効果的な下塗りの方法など、独特のテクニックが必要と言われていた。

そうして仕上げた画面は乾燥の強さのせいで、わずか数カ月で亀裂が生じるような始末だった。今では少し変わっているのかもしれないが、通常の大学入試で求められるいわば受験テクニックのようなものが、当時の芸大受験にも必要だったということだ。

でも自分の才能を過信していた父さんは、芸大の受験予備校までは行く気がしなかった。なんというのだろう、本当にいい絵を描きさえすればいいのであって、早描きのテクニックを学ぶことなんて邪道ではないかと考えてしまった。そしてどちらかといえば一般の大学へ進むことを希望していたおじいさんも、あえて受験予備校までは勧めなかった。

とにかく父さんは現役のとき、東京芸大の油絵科を不合格となった。確かに実技試験で時間が足りず、完成しないままの絵を提出することにはなったが、自分の描いた作品（芸大の庭とその中央にある楡の大木を描いた）には自信があったので、不合格になったのはかなりショックだった。

本来ならそこで芸大を断念するというのが約束だった。しかし幸いというべきなのか、併願していた早稲田と上智もともに不合格で、結果的に父さんは浪人生活に入った。

今度は水道橋にある芸大の受験予備校に通った。しかし一般大学の予備校にも通わなくてはいけなかったので、芸大の受験予備校のカリキュラムは三分の一ほどしかこなせなかった。

今度は芸大の実技試験もほぼ時間内に完成させたつもりだったが、結果は再び不合格だった。提出した作品にはやはり自信があった。自分よりはるかに才能で劣ると思われた受験予備校の仲間の数人が合格したこともショックだった。

どうすることもできず、合格した早稲田の商学部に、父さんは通い始めた。

でも山崎先生や高校の美術教師からも「何かを持っている」と言われ続けていた自負が、いつまでも消えなかった。芸大受験は「早描き」のテクニックを本格的にマスターした人間にだけ有利で、本当のオリジナリティが試されたものではないと思っていた。

学展入選のはるか先輩であり、仰ぎ見る存在だった池田満寿夫ですら、東京芸大は二年連続で不合格となり、その後ビエンナーレなど海外の公募美術展などの入選を通じて成功していった。そんな事実も自分の考えの正しさを裏打ちしているように思えた。

フランスの国立高等美術学校《ボザール》のことを知ったのはそんな時期で、教えてくれたのは山崎先生だった。当時、毎年十一月に外国人枠の編入試験があり、十数名が入学を許されていた。編入試験そのものの存在がそれほど知られておらず、競争率は三倍を切るという。

「一種の穴場みたいな存在だよ。しかも実技試験は一週間の時間をかけてゆっくり行われるんで、早描きが苦手な君には向いているかも」と山崎先生は言った。

彼は父さんの絵を、過大なほど評価してくれていたし、何か思いを残したままで別の人生を生きることの不本意さを、心配してくれていたのだろう。

絵の本場であるフランスの、最も権威のある美術学校。そこに編入できれば、自分より才能が劣ると思いながらも芸大に合格していった受験予備校の仲間たちを一挙に見返すことができるかもしれない。そんな不純な考えもあり、すぐに留学のための下調べを始めた。


——希一。


振り返ると、父さんの絵に対する態度は、結局は中途半端だった。

受験時代に一般の大学を併願したのもそうだし、パリの美術試験予備校《プレパ》に通い始めながら早稲田に籍を残しておいたことも。

いずれもおじいさんに条件として課されたものではあったが、父さんにもそれを受け入れる気持ちがあった。絵で食べていくことの困難さは、自分自身もよく認識していたからだ。

父さんには実態以上の自負と同時に、どこかに逃げ道を探しておくような性分があのころからあったのだろう。

それは父さんが一生を通じて何かに突出することができなかった背景であったのかもしれないのだけれど、もしかすると人生を破綻から救った要因かもしれない。

例えばあのとき大学の籍を抜いて絵に賭けていたらどうなっただろう。

おそらく全てを無くし、失意の中で自堕落な日々がいつまでも続いていたような気がするし、あるいは百万分の一ほどの確率かもしれないが、もしかするとそこそこの描き手として生きていけたのかもしれない。

父さんの今の感覚では、前者の可能性がはるかに高いと思うのだけれど、それは誰にも判断することができない。

君は成績は飛び抜けていい。でも特に絵に関心はないようだ。けれどももし君が、あのときの父さんと同じように何らかの選択を迫られたとしたら、親として父さんは、やはり「逃げ道」を確保しておくように勧めるだろう。あのとき、君のおじいさんが父さんに勧めたように。

でも、もちろんそれを最終的に決めるのは君自身だ。

さっき父さんは、「何か」を持っていると信じていたあのころの自分に、微笑みかけたいと書いた。でも父さんは、実はすでに心の深いところで、それは「突出した何か」ではないのかもしれないと、かすかに知っていたような気もするんだ。

逆に本当に確信があったうえでの決断なら、逃げ道を作らないまま運悪く挫折《ざせつ》しても、自分を納得させることができるだろうから、人生を大きく壊すことにはならないだろう。そんなときは逃げ道を作ることは力の分散になり、せっかくの進路を妨げることにもなりかねない。

強い確信を抱けるかどうか。それを正しく感じ取れるかどうか。

すべてはそこにかかっているのかもしれない。

そしてそれは結婚や、就職先選びなど、大きな決断を迫られたときに共通することでもあるように思う。

そんなとき、君が自分の心の中に、うっすらとかもしれないが確かに光っている何かを見つけられればどんなにいいだろう。


♪


「芸術の目的が、美しい文章やすぐれた技巧、見事な形式だと思ってしまったら、あなたたちはその先へは行けなくなるよ？」

アンヴェール美術試験予備校の「色の基本」と「木炭デッサン」のクラスの担当教師——がりがりに痩せてオレンジジのセルの眼鏡をかけたジジという女性で、ボザールの大学院生だ——は、腰に手を当てて僕らを見渡した。

モンマルトルの南側に位置するロシュシュアール大通りを渡ったすぐ、アンヴェール公園の脇にその美術試験予備校《プレパ》はあった。

テニスコートほどの広さで、天窓からさんさんと光が注ぎ込む明るいアトリエ。壇上に立っているヌードモデルを囲み、クラスの二十人ほどの学生がイーゼルに向かって裸婦像を描き続けている。僕らの間を縫うようにジジは歩き回りながら、歌うように語り続ける。

「……芸術は世界を欲求し、自分のものにし、世界と自分を一体化させる手段なの。作品を作ることは、そこに世界そのものを作り出すということ。誰のものでもない、あなたたちだけの世界を生み出すということよ」

予備校生の八割は高校を卒業したばかりのフランス人だ。その中に交じって僕らのような留学組がいる。十九歳だった僕は留学組ではまだ若い方で、三十代の男女がアメリカ、イギリスから数人ずつ、それにセネガルの王族と言われる黒人青年が一人いて、最年長は大塚《おおつか》さんという三十八歳の大阪出身の日本人男性だ。

授業は、朝の九時から午後三時までびっしりと詰まっていて、内容は「ヌードデッサン」「色の基本」「創造性」「木炭デッサン」「遠近法」「粘土彫刻」「現代美術鑑賞」に分かれている。

ほとんど毎日持ち帰りの課題も出されてハードだったが、十一月の編入試験まで時間は五カ月と少ししかない。授業を受けているうち、自分が絵を描く上で系統だった知識をいかに持っていなかったかを知って愕然とした。

山崎先生はいい先生だったけれど、基本的に僕が描きたいものを描かせ、こちらが聞いた時だけ必要な技術を教えるというやり方だったので、僕の技法はごく限られたものでしかなかった。

それでも意外だったのは、そんな未熟な僕と比べてさえ、多くの学生が驚くほど下手だったことだ。デッサンなどでは、初心者のように思える人もいた。

国立高等美術学校《ボザール》の受験予定者はごく一部で、もうすこし入学が簡単な美大の志望者が大半だ。それにしてもよくこうした技術で美大を目指そうとしていると、最初はずいぶん驚いた。

でもそういう学生の中には、自由制作の時間に古い鋼材を組み合わせて驚くほど斬新なオブジェを作り上げるなど、抜きんでた造形感覚を示すものもいた。

生徒の多くは自分の作り出すものに愛情と強い意欲を持っていた。「とにかく俺はこういうものを作りたかったんだ」とでも言うような。「下手だから駄目だ」という発想は、日本に比べて非常に薄かった。

ヌードモデルの大きいけれど少し垂れ始めた胸を見ているうち、オルガの尖った硬い胸が思い出されて体が熱くなった。テルトル広場で出会ってから何度か会い、四日前には初めてセックスをした。

セックスのときのオルガは、なんだか青い声を出す。

満開のダリアのような容姿とは裏腹の、青いリラを思わせるどこか哀しみを帯びた声。

「だからと言って、恋人になったとは思わないでね」という少し突き放されたような宣言の後のセックスだったが、この日も、プレパが終わると一緒に映画を見に行くことになっていた。ゴダールの古い映画のリバイバル上映があるのだそうだ。

背景の色の配置をほぼ終え、モデルの身体にモーブとバーントアンバーを混ぜた濃いめの肌色を描こうとしたときだった。

不意に世界が暗くなり、見上げると、天窓の上空が厚い雲で遮られている。光のトーンが急に変われば配色も違うものになってしまう。

光の変化に気づいた何人かの画学生が、舌打ちをしながら絵筆を止め、空を見上げた。

そのとき僕は、急に現実感を喪失した。

目の前でイーゼルに向かって座っている若い画学生たちが、黒いフィルムで覆われてしまったかのようだった。

つい最近まで早稲田に通っていた自分が、今、パリで絵を描いている。それがなんだかありえないような気持ちになった。

思わず目を閉じると、急に光と闇の記憶が交錯した。

それは、日本からフランスへ来たときに搭乗した空路で見た光景だ。

当時まだ直行便はなく、アラスカのアンカレジを回る北回りの航路が普通だった。

北極圏を飛んでいる間中、そこは地球上で光と影の境目となる場所なので、数時間の間に目まぐるしく朝と夜が入れ替わる。飛行機の小さな窓から見える白と黒の連鎖はとてつもなく幻想的で、何万年もの時の移り変わりを、早送りで見続けているようだった。

めまいの様なものを感じ、逃げるように目を開けた。

僕は絵筆を握り、外国人の画家志望者に交じってイーゼルに向かっている。学生たちはいまも、黒いフィルムを通した先にいるように見える。

――これは、本当のことなのだろうか。

――僕は、どこにいるのか。

そのときすぐ隣で、声が聞こえた。

「あなたの構図、空が広いわね。しかも、青がきれい」

いつのまにか僕の真横に立っていたジジがそう語りかけていた。

「――青が好きなんです」

今まで恐ろしいほど頼りない感覚にとらわれていたことを知られたくなくて、何もなかったように答える。

自分が現実にここにいるという感覚が、ゆっくりと体を満たしていく。

残っているかすかなめまいのような感覚は、ジジには気取られなかった。僕の絵を見下ろす横顔は、純粋に絵の中に何かを探ろうとしている。

「そもそもどうして、海？」

オレンジのセルフレームが、僕にまっすぐにむいた。

ただの裸婦像ではつまらないと思い、僕はモチーフの裸婦が教室の壇上ではなく、誰もいない砂浜に立っている構図に作り替えていた。素直に見たままを描かずに、別の世界をキャンバスに持ち込むことが僕は好きだった。最初、サクレ・

クール教会のテルトル広場でオルガを描いた絵で背景をリラの花畑にしたように。

「自分でもよくわかりませんが、この方が絵として面白い気がして」

「大きな空ときれいな青色――。あなたはもしかして、シスレーが好きなのかな?」

ジジが少しかがみこむようにして、僕の眼を覗き込む。セルフレームの内側の瞳は、ひどく小さいけれど、きれいな漆黒だ。

「――シスレーは、あまり好きではありません」

正直にそう答えた。


アルフレッド・シスレーはパリ生まれのイギリス人で、生涯の大半をフランスで過ごした印象派の巨匠だ。

一時はロンドンで商売の修業をするが、一八六二年、二十二歳のときに画家を志望してパリに戻る。グレールのアトリエ(画塾)に入り、モネ、ルノワールらと知り合った。彼らとともに主に風景画を制作し、一八七四年の第一回印象派展にも出品している。他の印象派の画家たちのような強烈な個性は示さないものの、光と色彩が豊かな農村や河辺、田園などの風景画を生涯にかけて描いた。

代表作の一つは「ポール・マルリの洪水」だろう。

描かれているのはパリから車で一時間ほど北上したセーヌ川沿いの町、ポール・マルリ。洪水に見舞われた数日後の光景で、ふだんなら人が行き交う道を水が覆い、白壁のカフェの前で何艘かの小船の上に人が立って何かを話している。何十本もの街路樹も水に沈み、途中から上の部分だけが水面に突き出ている。

災害の後だというのに、絵の印象はとてつもなく明るい。船上の人々は笑顔で会話しているし、絵の三分の二ほどが青く澄み渡った空で占められ、白い雲が悠然と流れている。ピサロをして「印象派の中の印象派」と言わせたのはこうした光があふれるかのような作品が多いからだろう。

けれど同じ印象派でもモネやルノワールが華やかな技法やドラマ性にあふれたモチーフで名声を勝ち取っていったのに対し、シスレーは地味で小ぶりな風景画を終世変わらずに描き続けた。

例えばモネの作品には光のゆらめきが感じられる。ゆらめきにはその前後の時間を想起させるドラマがあるのだが、シスレーの絵は光が最高の美しさをとらえた瞬間を、ただそのまま画面に固定したように見える。「彼の絵にはドラマがない」と多くの評論家が断じた背景はそこにあるのかもしれなかった。

絵にドラマが本当に不可欠なのかどうかはよくわからない。しかし結局シスレーは印象派の巨匠の中ではただ一人、生前には認められずに極貧のまま、一八九九年に五十九歳で亡くなっている。

僕は、絵を志す以上は、多くの人に評価されたいと思っていたし、経済的にも成功したかった。シスレーの描き方から感じられるある種の「誠実さ」のようなものは、それこそが彼が生前に認められなかった要因そのもののように感じられた。彼の描く美しい光にあふれた空に憧れのようなものを感じながらも、シスレーのようになりたいとは思わなかった。

だから僕は、ジジに答えた。

「シスレーの絵は静かすぎる気がします」

ジジは、「ふうん」とでもいうような微妙な笑顔で再び僕の絵に視線を落とした。

「だからあなたは、ある種の違和感を作り出すために、部屋の中にいるモデルの背後を海にしたの？」

口調にどこか肯定されていないような響きを感じ、戸惑いながら黙って頷いた。

「『空は単なる背景ではない。僕は空から描き始める』。シスレーはそう言ってたのを知ってる？」

ジジが真っ黒な小さな瞳に笑みをたたえて僕を見た。瞳が磨かれた黒曜石のようにきらきらと光っていた。

「ジジ、あんたのこと、気にいっとるんとちゃうの。なんか、ほかの生徒よりずっとあんたと話しとるで」

クラス最年長、三十八歳の大塚さんはチラチラと僕を見ながら、新しいビールをオーダーした。僕らはテルトル広場のすぐ西側に位置するビストロ、ル・コンシュラにいた。白い石造りの小さな三階建ての店で、二階部分の壁には「LE CONSULAT」と店名が大きく記され、一階の赤と緑色の日除けが通りに長く突き出している。

モンマルトルでも最も古い建物の一つだ。ロートレックやモネ、ゴッホが通ったことでも知られ、ユトリロの絵にも描かれたことがある。

「いや、なんだか、僕の絵を嫌ってる気もします。だから逆にいろいろと聞いてくるんじゃないでしょうか」

答えながら、少し気分がふさいだ。やはりそうなのだろうか。もしもそれが、国立高等美術学校《ボザール》の何らかの判断基準に基づくものなら、僕は日本と同じように入学を拒まれるのだろうか。

――あるいは。

ボザールは生徒数が全部で六百人強と少ないせいか内部ではお互いに知り合いが多い。アパルトマンの向かいの部屋のガレにジジのことを話すと、少し知っているると答えた。ガレのアトリエ(ゼミのようなものらしい)の教授の教え子の一人で、デッサンを教えに来てくれたことがあるらしい。もしかしてジジもガレから僕のことを聞き、関心を持ったのに過ぎないのだろうか。

その日は六時からオルガと映画を見に行く予定になっていた。授業の後、いったんアパルトマンに戻って休むつもりだったが、教室からの出がけに「日本人同士、いっぺんお茶つきおうてんか」と大塚さんに声をかけられ、ちょっと強引にこのカフェに連れてこられていた。

ここはその歴史的背景から、観光客に人気がある。行列ができていることもざらなので避けたかったのだが「わし、まだ行ったことないねん。つきおうてえや」と大塚さんは繰り返した。四角い顔と四角い体、小さな黒い瞳。人懐っこい笑顔をしている。僕は大塚さんを見るたび、テディベアを思い出す。

半ば強引に誘ってきたくせに、大塚さんは意外にシャイで、自分からはあまり話さない。ただにこにこと笑いながら、ビールをお代わりした。

「大塚さんは、どこの美大を受けるんですか？」

仕方なく自分から話しかける。

「え？　美大、そうやなぁ、まだ決めとらへんのよ。わし、あんまり、絵、うもうないしなぁ。プレパで一年くらい勉強してから考えようかなぁ、って」

「……お金は、余裕あるんですか？」

「うん。親の遺産で弟がラブホテル経営しててなあ。わしも取締役やし、仕送りしてくれるんよ。嫁さんもおらへんし、気楽なもんやわ」

笑うと小さな目がさらに消えそうになる。

「へえ。うらやましいですねぇ。ほんとに趣味で、絵を習ってるんですね」

「まあな。ラブホの経営も、二人で一緒にやったらケンカになると思うてかかわらんようにして、七、八年、ずっと昼間からゴルフとかやっとったんよ。そやけどなんかちゃんとしたことやらんと、もったいない気がしてきてなぁ。前から絵、好きやったし、思い切って来てみたんよ」

「フランス語は、どこで覚えたんですか？」

「大学出てから七年くらい輸入会社におってな、二年半、パリで工作機械担当してたんよ。せやけど君みたいには、うまいことしゃべれへんけどな」

（この人が工作機械の輸入？　しかもパリ駐在？）

意外な気がした。三十八歳なのに、すでに楽隠居のような雰囲気を身にまとっていて、会社員としてばりばり働いていた人には到底見えない。

大塚さんはそんな僕の思いを感じたように、またにこにこ笑った。

「いやいや、叔父さんが経営しとった会社で縁故入社や。そやけど、向いとらんかったんよ。もう毎日嫌で嫌で。親が死んで遺産入ったから、もうええわ、好きなことやろうか、と思うて辞めさせてもろたんや」

僕は「色の基本」の時間に見た大塚さんの絵を思い浮かべた。

どこかの港を船が出ていく構図だった。船は非常に抽象化された台形で、チャイニーズレッドという少しくすんだ赤で塗られていた。遠景の港の建物もおもちゃの積み木をばらまいたように簡略化され、すべてまっ白だ。空と海はともにコバルトブルーで、白の混ぜ具合による明るさの違いだけが両者を区別していた。

どこか日本人離れした、大胆な色づかいのいい絵だと思った。

「絵はどこで習ったんですか？」

腕時計を見ながら聞いた。四時五十分だ。絵の具やパレットを入れた重いデッサンバッグをいったんアパルトマンに置いてからオルガとの待ち合わせ場所に向かうには、あと二十分ほどで店を出なくてはならない。

「いや、習うとらへんよ。大学のときは、油絵のサークルにおったんで結構枚数は描いたけど、別に誰かに教えてもろたんと違うて全部自己流なんよ。そやから、あの予備校で教えてくれること、全部新鮮でなぁ、楽しゅうてたまらへん」

そういって、ほっほ、と笑った後、続けた。

「ジジさんみたいな、美人のセンセもおるしなあ」

少しびっくりした。ジジはがりがりで胸もないし、服装もいつもくたびれたジーンズとセーターだ。目も小さくて、なんだか中性的な雰囲気だ。

(あの人、美人ですか?)と思わず言いそうになった言葉を僕はそのまま呑み込む。人の好みに立ち入るのは大きなお世話だ。

「あんなぁ、いつでもかまへんのやけどな」

大塚さんが少し体を乗り出して僕を見つめた。

「ジジさん、メシに誘うてくれへんか」

「え？　俺がですか？」

「うん、わしなあ、そういうの、うまいこと言えへんねん。もともと女にもてへんし、わしが言うたら、絶対来てくれへんわ。君、ジジさんと、仲がよさそうやんか。いっぺん、授業終わった後、三人で食事しませんか、って、言うてくれへんか」

言いながら、顔がほんのり赤くなっている。なんだか中学生のようなピュアさだ。

二十歳近くも下の人間に、よくこんなことを頼むなあ、と少しびっくりした。それに僕はジジと確かに授業で何度か言葉を交わすけれど、二人で教室外で会ったこともなく、仲がよいなどとは思えない。

でも大塚さんは、ジジよりもさらに小さな目で懸命に僕を見ている。やっぱりテディベアに似ている。だんだん可笑しくなった。

「もちろん、メシ代、全部わしがもつで」

僕が嫌がっているのかと不安になったようで、大塚さんはそう何度も繰り返した。

♪


映画は一九五九年に作られたもので、白黒だった。

冒頭の場面で、フランスの田園地帯のマロニエの街路樹が続く道を車はすべるように進んでいく。運転する自動車泥棒、ミシェルは「……太陽は美しい」とつぶやくと、いきなり手元にあった拳銃を太陽に向かって発射。画面は大写しになった太陽の光であふれる。

そこへ警戒中のバイクの警官が登場し、ミシェルはいきなり彼を射殺してしまう。そのまま車を乗り捨て、小麦畑を走って逃げる。

どこか現実感のない、淡々としたストーリー。手持ちのビデオカメラで無造作に撮った映像をそのままつなぎ合わせたような画面なのに、一瞬で引き込まれた。

ヌーヴェルバーグの代表作の一つ、ゴダールの「勝手にしやがれ」だ。

僕とオルガはムーラン・ルージュから十分ほどの「ｓｔｕｄｉｏ28」という一九二八年創業の古い映画館でそれを見ていた。

椅子は硬く、どこかカビ臭い空気が館内に充満している。かつてはジャン・コクトー、ブニュエルら映画界の大物がよく通ったそうだ。ブニュエルの「黄金時代」もここで初演され、そのスキャンダラスな内容に怒った観客とブニュエルを擁護する人々が乱闘したと言われている。

「勝手にしやがれ」のリバイバル上映はフランスでも七年ぶりだった。ミシェルを演じるのはジャン・ポール・ベルモンド。目も鼻も口も大きく、決して美男子ではない。でも長身で頭が小さくて、体のバランスが非常に美しい。タイトなスーツと短めのネクタイがファッショナブルでセクシーだ。

「なんだかこの映画、映像も会話も、全部が詩みたいだね」

オルガが顔を近づけ、ささやいた。大きな赤褐色の瞳がすぐ眼の前で、スクリーンの光を受けて浮かび上がる。

「確かに。それも、事前には何も用意されずに即興で語られていく前衛詩みたいな」

僕がそう答えると、オルガは赤いダリアの花みたいにほほ笑み、同じ思いを共有できた嬉しさを伝えた。

彼女が視線をスクリーンに戻した後も、僕はしばらくその横顔を見つめていた。オルガとこの映画のヒロインであるジーン・セバーグには共通点があると思ったからだ。

セバーグはパトリシアというアメリカからの留学生を演じている。オルガとセバーグの共通点というのは、すごく美人とは言えないのに、それでもすごく魅力的だということだ。でもその魅力の源は異なっている。セバーグは目鼻だちは整っているものの、華やかさのようなものがない。でもまるで人生の喜びと悲しみをすべて知り尽くしたような瞬間の表情が、見る者をひきつける。

オルガの顔だちはむしろベルモンドと同じ系統で、目も鼻も大きく、唇は肉感的に膨れている。紹介したプレパの友人の中には「美人だけど、ちょっと顔のバランスが悪くないか?」と微妙な評価をされたこともある。

でも僕は、テルトル広場で描き始めた絵とは別に、いつかオルガの顔を間近でとらえた肖像画を描きたいと思っていた。


映画の中で上半身裸のミシェルが、ベッドの上で背後から服を着たままのパトリシアを抱きしめる。

「何してるの?」

「脱がしている」

「ダメよ、今は」

「まったく、頭にくるぜ」

ミシェルはパトリシアの肩に口付けをしながら後ろから服を脱がそうとする。

パトリシアはハードカバーの本を手に、そんなミシェルに聞く。

「フォークナーって知ってる?」

「いや、誰だ? 寝た男か?」

「違うわ、バカね」

「なら興味ない。脱げよ」

「好きな作家なの。『野生の棕櫚《しゅろ》』読んだ？」

「読んでない。脱ぎな」

「最後の文章、素敵よ。『傷心と虚無では、私は傷心を選ぶ』。どっちを選ぶ？」

「足の指を見せろ。女は足の指が大切だ」

「どっちを選ぶの？」

ミシェルはパトリシアの肩にほお擦りを繰り返しながら答える。

「傷心はバカげてる。虚無を選ぶね。傷心は一つの妥協だ。全てか無かだ。今それがわかった」

二人はそのまま真っ白なシーツに潜り込み、その下でもぞもぞと動き続ける。

四日前、オルガと初めてセックスをしたときのことを思い出した。

彼女はパリ第六大学の学生だった恋人と別れて二カ月たっていたそうだ。

「セックスするからといって、恋人になったとは思わないでね。そうなるかどうかは、時間をかけて決める。今はとにかく私、セックスがしたくてたまらない」とオルガは正直に言った。セックスをしたくてたまらないのは僕も似たようなものだったが、僕は「誰かと」ではなく「特にオルガと」セックスをしたかった。

もつれるように部屋に帰ってベッドに倒れ込み、オルガのセーターをたくしあげた。胸は想像通りぴんと張り詰めていて、驚くほど敏感だった。舌で愛撫すると乳首は硬く伸び、それだけでオルガは一度目に達してしまった。青く高くかすれた歌声のようなものを発しながら。

そのまま夜明けまで、断続的に三度セックスした。その後も、昼前に覚めてから、もう一度。それが終わった後、オルガが再び寝てしまったと思った僕は立ち上がって冷蔵庫からビールを出し、出窓の傍で飲み始めた。

青空を背景にサクレ・クール教会が陽を受けてきらきらと白く輝いている。六月の半ばになっていたけれど、まだパリの風は冷たかった。アパルトマンの玄関脇にはリラの植え込みがあり、かすかな美しい香りが風に混じって漂う。

「人間が……」

と後ろで声が聞こえた。オルガが、白いシーツを体にぐるぐると巻きつけ、ベッドの上に起き上がっていた。

「ずっと一緒にいられないことが多いのは、どうしてなんだろうね」

何かが始まったかもしれないのに、もう終わりを見ているかのようにそう言い、ほんの少し笑った。

スクリーンの中では、もぞもぞ動く白いシーツの下でミシェルとパトリシアがまだ会話を交わしている。

——Néant《ネアン》（虚無）。

オルガが視線をスクリーンに向けたまま、さきほどのミシェルの言葉を繰り返すように、小さくつぶやいた。自分は、虚無を選ぶということだろうか。

少し意外だった。

オルガは意思の力に充ち溢れ、人生を肯定的にとらえている。何かくじけるようなことがあっても、選ぶのはせいぜいimmense《イメンス》 chagrin《シャグラン》（傷心）のはずなのに。

僕はどちらだろう。

――傷心。

人生の肯定からではなく、妥協のせいでそちらを選ぶ気がした。

「studio28」の前はルピック通りという商店街で、カフェや肉屋、果物屋などがひしめき合っている。午後八時になっていたが、ムーラン・ルージュ周辺の歓楽街に向かう男性も多く、通りは人であふれていた。

食事する店を探して歩きながら、オルガが聞いた。

「ねえ、最後のミシェルの『まったく最低だ』って言葉、誰に向かって言ったのかな」

通り過ぎた店の中から何か祝賀会でもしているのか、大きな歓声が聞こえた。石畳の緩やかな坂の向こうに、ムーラン・ド・ラ・ギャレットの風車がライトアップされているのが小さく見える。

「自分に向かって、だろ」

光と影の中をオルガと歩いているこの瞬間をずっと覚えておきたいと思いながら、短くそう答えた。

「そうだよね。パトリシアに言ったんじゃないよね。でも人生って、あんなふうに、理不尽に終わるものなのかな」

オルガはふぅぅ、とため息をついた。

この日彼女は、柿色のタートルネックのセーターに七分丈の黒いスラックスを合わせていた。硬さを感じさせる大きな乳房がセーターを内側から押し上げ、先端が尖っている。欲情を感じながら、スカートならもっとセクシーなのに、と少し不満だった。

できたばかりのアルザス料理の店を見つけ、僕らは店の前におかれた屋外のテーブル席に座った。テーブルも椅子も黒を基調にしたシックな内装の店だった。少し肌寒くて本当は店内が良かったが、空いている席はなかった。

メニューを見て少し動揺した。思ったより値段が高く、前菜とメイン、それに何杯かのアルコールを足すと、百二十フラン程度になりそうだ（フランス国内の通貨がユーロに変わったのは二〇〇二年からで、それまではフランという通貨が使われていた）。

当時、一フランは五十円程度だったから、軽く飲み食いするだけのつもりだったのに一人六千円近くかかってしまう。少し高級そうな店だな、と思った不安が的中した。

でもオルガはまったく気にしない様子で、ヴーヴ・クリコのシャンパーニュのボトルと生ハム、トリュフ入りのフォアグラと、さらにフォアグラのグリルを次々とオーダーした。「フォアグラはアルザスの名産なの。知ってる？」と僕に語りかけながら。

しかしオルガの頼んだシャンパーニュは、同じアパルトマンのガレがいつも飲んでいるアルザスの安いスパークリングワインの五倍近い金額だ。

「オルガ、俺、あんまり金ないから……」

だからたくさん頼むのはやめてくれ、と言おうとしたのだが、オルガは「大丈夫。いつもより三日も早く父さんから生活費が振り込まれたから、今日はまかせて」と言う。オルガは父親からの生活費とアルバイト代で生活している。当時、オルガのようなノルマルに通うほど優秀な学生は奨学金をもらっているのが大半だったが、実家が裕福なオルガはその対象になっていなかった。

「そういうことじゃなくて！」

一瞬、自分がきつい口調になったことに驚いた。懸命に気持ちを落ち着かせて「女性にお金の負担をかけさせるのは、いやな気がする」と静かに続けた。

オルガには「恋人になったとは思わないでね」と言われたけれど、僕はもうオルガと付き合っているつもりだった。本来なら、自分が全部払いたいが、それほどの金銭的な余裕はなかった。

オルガは本心から不思議そうに「でもこの前も、前々回も食事おごってくれた。だから今日は……」と言いかける。

「日本人の男性は、必ず自分が女性にお金を出さなきゃ、って思うらしいけど、フランスの女性はそれほど気にしない。この前のおかえし」

赤褐色のダリアの花のように笑うオルガに、右隣のテーブルの男性の二人客がチラチラと視線を送るのがわかる。やはりオルガは魅力的なのだ。

でも……、と僕はさらに気分がささくれた。確かにこれまで二回はそうしたが、小さなピザ屋やカフェでの話だ。ここでの支払いとは実際にケタが違う。

一方で、そんなことに自分がこだわる背景もわかっていた。裕福で、しかもフランスで一、二を争うような優秀な大学の学生であるオルガと、何者でもない自分。金銭面でまで、格差を思い知らされたくなかった。

「君はそのシャンパーニュを飲んでて」

そのまま手をあげ、店員にクローネンブルグのビールを頼んだ。クローネンブルグもアルザスのビールだ。ビールの二、三杯ならここでも払える。

オルガは、ぶたれたような顔で僕を見ていた。そのまま、しばらく、何も言わなかった。

すぐにギャルソンがヴーヴ・クリコとクローネンブルグを一緒に持ってきた。

（ビールは？）という風に眼できいたので僕が小さく手を挙げる。

彼はビールとは別に、当たり前のように僕の前にチューリップ型のワイングラスも一緒に出し、一センチほど注ぐ。テイスティングなど、もともと僕には無理だ。でもしかたなくそれを唇にあて、ギャルソンに頷く。

すべてが無言の振る舞いに、ギャルソンは僕らの不和を感じ取ったようだが、そのまま笑顔でまずはオルガのグラスに、そして僕のグラスにたっぷりと注いだ。シャンパーニュの美しい金色の泡が二人のグラスの中でゆっくりと上っていく。

迷ったけれど、僕はビールグラスを手に取った。

目の前で、オルガが赤褐色の瞳で僕をにらんでいた。ほんの少し、眼がうるんでいる。

自分の美しさにも、能力にも、すべてに漲るような自信を持っているオルガなので、こうした会話で涙を見せるのはちょっと意外だった。

——怒ったきれいな肉食獣。

そんなイメージを僕は思い浮かべる。何か言わなければ、と思うのに、気まずさと意地のようなものから言葉が出てこない。

店内で流されていたレコードのボリュームが急に大きくなった。

――Quand il me prend dans ses bras, Il me parle tout bas. Je vois la vie en rose

――彼は私を腕に抱き、低い声で囁きかける。まるで、バラに囲まれて生きているみたい

ピアフの「バラ色の人生」だ。遠いテーブルで、酔った客が調子を合わせて大声で歌い始め、誰かが「うるさい」とやはり大声でたしなめていた。

「――君、そんな奴、ほっておいて、僕らと食事をしようよ」

突然、隣のテーブルの男性の一人がオルガに声をかけた。さきほどからチラチラこっちを見ていた奴だ。二十代半ばだろうか、会社員らしくネクタイ姿で、なんだか昔のフランス大統領のドゴールに似ていた。

「こいつが今日、誕生日なんだ」ともう一人を指さす。

「君みたいな美女が一緒に食事して、祝ってやってくれ」

「変なこと言わないで。私はこの人と、食事してるの！」

オルガは大声で言い返し、怒った顔のままテーブルに視線を落とした。

口笛を鳴らし、ドゴール似は肩をすくめて見せた。僕のことは最初から最後まで無視したままだ。

かなり頭に来たが、反応するのを堪えた。少し格闘技の経験があるので、やってもいいと思ったが、もし乱闘のようなことになればオルガを巻き込みかねない。しかも周囲はすべてフランス人だ。今もフランスでは有色人種への偏見が少し残っているようだが、当時はそれがより濃厚で、ここで騒ぎを起こせば袋叩きになる可能性も考えておかなくてはならなかった。

僕らは乾杯をしないまま、お互い居心地が悪そうにグラスを両手で抱えていた。

「……一カ月だから」

オルガが僕をにらんで言った。

「え？」

「あなたと会って、一カ月の記念日だから。シャンパーニュ飲みたかった。そうしたら、ちょうど父さんが、お金を振り込んでくれていたから……。前のお礼もしたかったし」

大きな目の周りが赤くなり、アイラインが黒く崩れかけていた。

その日は六月十八日。テルトル広場で最初に会った日が何日だったか、よく思い出されなかったが、確かに一カ月くらいはたっている。

「……そうだっけ?」

「やっぱり、覚えてなかった?」

視線がさらに強くなる。

「私たちが最初に話したの、五月十八日」

「……ごめん」

それだけを言い、ビールグラスをシャンパーニュに持ち替えた。

——恋人にするかどうかは、時間をかけて決める。

オルガはそう言ったけれど、でも僕を恋人として認めてくれようとしている。

それがわかった。

「ごめん」もう一回、そう言い、グラスを差し出した。金色の小さな飛沫《ひまつ》がグラスの中を立ち上っていくのが見えた。

「君との、……ええと」

言葉が思いつかずに一瞬ためらうと、オルガはグラスを合わせながら、小さく言った。

「私たちの、La Boheme（ラ・ボエム）に」

――La Boheme（自由な生活）。

テルトル広場でオルガが口ずさんだシャンソンにも、そういうフレーズがあった。

――ラ・ボエム

――それは君が美しいということ

――ラ・ボエム

――僕らはみんな才能があった

ルピック通りの街燈のアセチレンのような光が、オルガの笑顔を浮かび上がらせている。店内のシャンソンはいつのまにか、コラ・ヴォケールの「モンマルトルの丘」に変わっていた。

「君、アルジェ系？　アルジェ系でも美人はいるんだな」

そのとき再び右隣から、酔った声が聞こえた。さきほどの男だった。

テーブルの上には、空になったワインボトルとスコッチのストレートグラスが並んでいる。かなり酔っているのかもしれなかった。誕生日だ、と言われたもう一人は、頬杖をついたまま無反応で、どうも眠り込んでいるようだ。

オルガは何も答えず、きつい目で彼をにらみつけた。

それが刺激してしまったのか、ドゴール似はとんでもない行為に出た。立ち上がって「かわいい君、こっちに来てよ」と言いながらオルガの背後に回り、後ろから両脇に両手を差し込み、立ち上がらせようとしたのだった。

オルガは驚いて高く叫んだ。ドゴール似の腕が、意識的かどうか、セーターの上からオルガの乳房を押し付けている。近くの女性客が騒ぎに気づいて悲鳴を上げる。

「離せ!」と言いながら僕は立ち上がり、ドゴール似の男の横で彼の手を引き剝がそうとした。

ドゴール似は両腕をむちゃくちゃに振り回した。そのとき彼のヒジが僕の口元にまともに当たり、一瞬くらくらした。

——ふざけるな。

右手で彼のほほをバチン、と張り飛ばした。

ドゴール似は「痛いじゃないか!」と言いながら、オルガから手を放して立ち上がった。

そのまま脅しのようにボクシングのような構えをしてみせた。身長は百七十五センチ程度で僕とあまり変わらない。

——やる気か。

「やめろ!」「ケンカだ」

周囲で声が聞こえる。

「Japoniaiserie?」《ジャポニエズリー》（間抜けな日本人？）

薄笑いで、ドゴール似はそう言った。「japonaiserie（日本風）」という言葉と「niaiserie（おろかさ）」という言葉をかけ合わせた、日本人や、日本文化好みの人間に対する侮蔑用語で、当時ときどき使われていた。

頭が沸騰した。

左手で軽くパンチのフェイントを見せておいて、彼のガードが上がった瞬間、彼の左わき腹に右の回し蹴りを入れた。

左の軸足を十分に回転させて、骨と内臓に十分に響くように。

簡単だったし、それで終わりだった。

ドゴール似は蛙がつぶれるような声を発し、三日月のように体を歪めながらしゃがみこんだ。その時背中が彼らのテーブルに当たり、ボトルが石畳に落ちて砕けた。

顔に続けて膝を打ちこんでやろうかと瞬間迷った。

でも彼が顔を歪め、懇願するように見上げたので、それをやめた。いったん、ここまで怯《おび》えた人間は、もう絡んでは来ない。

けれども周囲にはそう見えなかったようで、男性客の一人が僕をはがいじめにし、別の客が「やめろ」と叫びながらドゴール似と僕の間に両手を広げて立ちふさがった。

「なにしてんだ！」とさらに多くの客が僕を取り囲む。

「違う！　この人が、私に絡んで、胸を触ってきたの！　シュウは守ってくれただけ！」

オルガは懸命に叫ぶ。それでも興奮した男性客の数人が、責めるように僕の胸をどんどん突いた。さきほどのギャルソンが飛んできて、「どうした！」とわめきながら僕とドゴール似に交互に話しかける。

リンチの危険も感じた瞬間、隣のテーブルに座っていた四十歳過ぎの女性客が立ち上がった。そして大声で叫んでくれた。

「見てたわよ！　このしゃがんでる人が、酔ってこのお嬢さんに乱暴したの。この日本人はお嬢さんをかばったの」

次に後ろのテーブルの若い女性客も立ち上がった。恐ろしかったのかほとんど泣き声で、「本当よ！　先にからんだのは、倒れてる人。ヒジ打ちしたのよ」と説明してくれた。周囲の客が、一瞬冷静さを少し取り戻したように動きが止まる。

それでもほとんどの男性客が興奮状態であるのは変わらない。しゃがみこんでいるのはドゴール似のフランス人男性で、暴力をふるったのはアジア人だ。オルガも外見からして生粋のフランス人には見えないだろう。ほとんどの敵意は僕らに向かっている。

「早く！　出てってくれ！」

ギャルソンが、僕とオルガに怒鳴った。

「何で私たちなの！　彼が最初に乱暴したのに！」

オルガが叫び返す。まだしゃがんだままのドゴール似を指差しながら。

僕も思いは同じだった。自分たちが悪いんじゃない。

でもこのままでは状況を知らない男性客たちとの間で、新たないさかいが起きかねなかった。

僕はオルガの背に腕を回し、帰ろう、と促した。オルガは一瞬何かを言いかけたが、僕の目を見たまま口をつぐんだ。瞳に、悔し涙があふれ始めている。

財布から五十フランだけテーブルに置き、代わりにあけたばかりのヴーヴ・クリコのボトルにコルク栓を無理にねじ込んで、そのまま持って出た。


♪


ヴーヴ・クリコを右手にぶらさげたまま、僕らは黙ってルピック通りをアパルトマンの方向に登った。まだ午後九時前で、通りの両側の魚屋や肉屋などの商店は店じまいしていなかった。この界隈はスペイン系の人が多く、魚介類好きの彼らのために、イワシや海老、蟹など日本人になじみの深い魚介類も、無造作に店先の氷の上に並べられている。

やがて坂はT字路にあたる。本当は右に折れた方が近いのだが、外を歩きたい気分だったので、鎌のように大きくカーブして丘の上へ通じる左の道を歩き始めた。

カーブが始まるあたりの右側、五十四番地は、一八八六年から八八年にかけてゴッホが住んでいた弟テオの家の跡だ。しかし彼はわずか二年でモンマルトルを離れ、強い太陽の光に救いを求めるかのように南仏アルルに移る。テオの家の跡は古ぼけたアパルトマンの一階で、昼間は内部の質素な家具やゴッホの書いた手紙などが公開されていた。

六月の夜の風はどこか湿り気を帯び、夜空は厚い雲に覆われて暗い。左側のオルガを見ると、まだ怒ったような表情でまっすぐ視線を前に向け、黙って歩き続けている。

やはり店での乱闘騒ぎにショックを受けているのだろうか。

——オルガ？

歩きながら呼んでみた。

オルガは少しだけ僕の目を見て、またまっすぐ前を向き、今度は少し俯いて歩き続ける。

「シュウは……」

縮れた黒髪が、一瞬風に舞い、オルガはそれをうるさそうに左手で押さえる。

「私を恋人とは思っていなかったんだね。だから、一カ月の記念日も忘れていた」

驚いた。「恋人にするかどうかは時間をかけて決める」と言ったのはオルガではないか。

「でも、君だって……」

オルガが立ち止まる。赤褐色の瞳が、燃えるように僕を見つめる。

「私は、あなたが私を好きになってくれたと思った。だから私の絵も描き始めたし、何度も食事に誘ってくれるんだって。私はそれに、時間をかけて考えて、でもそれに応えようと思ってた。でもあなたはそうじゃなかったの？」

オルガが怒っているのは、あのドゴール似ではなく、僕に対してらしい。でもさっきは、笑顔で乾杯してくれたのに。

戸惑った表情を読んだのか、オルガは言う。

「さっきは、仕方ないかな、と思った。でも、歩いてるうち、だんだん悲しくなってきた」

——オルガ。

うまく答えられずにいると、オルガは身をひるがえしてそのまま再び坂を登り始める。僕はそれにあわててついていく。ルピック通りのざわめきや音楽が、後ろに遠く小さくなっていく。

大きく右にカーブする坂道を登っていくと、いつの間にか商店は消え、周囲は十階建てくらいの高さの高級アパルトマンに変わる。左手がやや小高くなり、右手の建物の間から、はるか眼下にパリの家並みがきらきらと光っている。

やがて僕らはムーラン・ド・ラ・ギャレット跡にさしかかった。ムーランというのは風車の意味で、十七世紀ごろのこの丘には、三十基近い粉ひき用の風車があったという。ムーラン・ド・ラ・ギャレットはかつて風車小屋だった場所に併設されたダンスホールで、楽しげに語らう人々の姿をルノワールが「ムーラン・

ド・ラ・ギャレットの舞踏場」という作品で描いている。

男性の濃い色のスーツの上を、木漏《こも》れ日と思われる光が駆け巡っている様子が目を引き、彼ら印象派が光を追い続けた人たちであることを鮮明に示している。

僕とオルガがそこに差し掛かった時代には、もうダンスホールは数十年前に営業をやめ、風車だけが記念碑のような形でポツンと残っていた。

敷地内には入れないが、手前に生い茂った木々の上に、建物で言えば三階くらいの高さの赤黒い色の風車が通りから見える。静止した羽根を夜空に伸ばしている様子が、誰も聞いていない中で冗談を言っているようで、なんだか空虚に見える。

——オルガ、ごめん。

早足で歩き続けるオルガの背に、そう声をかける。

(会って一カ月目かどうかなんて、普通覚えていないだろう)という気もするのだけれど、とりあえず謝るしかないのかもしれない。

オルガが立ち止まり、振り返った。美しい赤褐色の瞳が僕を見つめる。強い意思的な声が石畳に跳ね返った。

「あなたは一生、この国で絵を描いて生きていく？」

僕は戸惑った。そもそもボザールに合格できるかもわからないし、ましてやその先のことなど、何も考えられていない。

「私はあなたと恋人になりたい。でも、あなたと私は、生きていこうとしている方向があまりにも違いすぎる。たとえば私はこの国を変えたいと思ってノルマルに入ったので、フランスを離れない。でもあなたも、一生フランスにいようとは思っていないでしょう？」

遠くでかすかな雷鳴が聞こえた。夜空の雲は一層厚く垂れこめていて、雨が来るのではないかと思われた。

「ずっと一緒にいられるかどうかわからないからこそ、私のことを全部覚えていて。出会った日のことから、話したことのすべて、抱き合ったときのことも全部。私もあなたとのことを全部覚えておくから」

僕は温かい、そして強い流れのようなものに体を打たれた気がした。何かが始まったばかりなのに、終わりを見据えているオルガ。そのことに苦しんでいる彼女の気持ちが、僕の心をかき乱した。出会った瞬間からオルガを好きだったことがはっきりわかった。

オルガが弾丸のように僕に飛びついてきた。胸に思い切り頭があたり、たまらず二、三歩後退した。思わず右手のヴーヴ・クリコを落としそうになり、慌てて力を入れる。ムーラン・ド・ラ・ギャレットの門の石柱に背中が当たり、そこで僕らは抱き合った。敷地内から青臭い植物の香りが周囲に流れ出ている。

オルガがむさぼるように唇を合わせてきた。とても厚くてなめらかな、濡れそぼった唇。僕も夢中でオルガの唇をむさぼり、お互いに舌を絡ませ合った。

「――あなたを愛し始めている」

オルガが唇を離してそう言った。

そして一瞬の間を取り戻すようにまたぶつかるようなキスをしてきた。実際に歯がカチンと当たり、オルガは泣きながら笑った。

そのとき、僕らの頭上にポツン、と雨が落ちてきた。それでも僕らはキスをし続けたままだった。オルガの硬い尖った胸が僕にあたっていて、体が熱くなってくる。

しかし雨粒はあっという間に落ちる間隔を縮めてきた。間もなく確実に本降りになりそうだ。

「帰ろう」

ようやく唇を離して言うと、オルガは笑いながら頷いた。ギャレットの前はまっすぐ南に下る坂道になっていて、フニクレールの脇の僕のアパルトマンまでは十五分ほどかかる。僕はオルガの腰に腕を回し、固く引き寄せたまま早足で石畳を下り始める。坂の下方、はるか前方にパリの光の街並みが雨でけぶり、ゆらゆらと揺れていた。


途中で雨は土砂降りに変わり、アパルトマンの二階の部屋に着いた時には僕らは全身ぐっしょりと濡れそぼっていた。

「これ、持ってみて」

オルガが上半身、黒色のブラジャーだけになり、脱いだ柿色のタートルネックを僕に差し出した。全体に水を吸い込んでまるで赤ん坊ほどの重さで、僕も思わず笑いがこみ上げた。でも僕のジャケットも、夏物なのになんだか革のような重さになっている。

オルガがシャワーを浴びている間、先にシャワーを終えた僕は乾いた気持ちの良いタオルで体を拭き、下だけジャージをはいてベッドに寝そべっていた。「あなたはどうせあっという間だから」と先に使わせてくれたのだ。

隣の木製の椅子には、持って帰ってきたヴーヴ・クリコのボトルとグラスがある。完全に温まってまずくなっているが、一度栓を抜いた後なのでこのまま飲みきってしまおうと思った。

出窓のガラスからは雨にたたかれる大きな音が響き、時折雷が光る。少し遅れて雷鳴が聞こえてきた。

出窓に飾られているのはリラの青い花だ。

オルガは何度目かに僕の部屋に来たとき青いリラの花束を持ってきてくれた。

「この部屋はあまりに殺風景だから」と言いながら。これを見るたびに、どうしてだか僕はオルガの顔ではなく、高くかすれた青い声を思い出す。

オルガが僕のバスローブを着てシャワー室から出てきた。タオルで髪を拭きながら、僕の横に滑り込む。二人とも枕を縦においてそれに寄りかかって上半身を起こすような姿勢で、ヴーヴ・クリコのグラスを合わせた。

「……あのさ」

炭酸が抜けかけた生ぬるいシャンパーニュを舐めながら聞く。

「君はさっき、この国を変えたいからノルマルに入った、って言った。大学教師になるんじゃなかったの？」

「ずっとそう思ってたけど、最近変わってきた。確かに最初は大学の教員になると思ってたけど、やっぱり世の中を変えるのは政治家かジャーナリストかなって。……あのね、やっぱりこの国、移民の家族には生きづらい。私はたまたま父さんがお金持ちだったから高校《リセ》のときにいい寄宿舎に入れてもらって、私自身も必死で勉強して、大学入学資格検定《バカロレア》でもすごくいい成績がとれた。でも、だからノルマルに入れたのかどうかはわからない。たぶん、お母さんの父親がフランス人で、ノルマルの卒業生だったからじゃないかと思う」

オルガに以前聞いた話を思い出した。祖父がアルジェからの移民だったオルガの一家は、父親は医師で祖母と母親がフランス人だ。

「お母さんはエリートの家系だったんだね」

オルガが僕の方を見た。そのときのオルガは一瞬、別人のようだった。一瞬、赤褐色の瞳に、強い哀しみのような色が通り過ぎたのだった。

オルガは目を伏せ、さきほどの話を続けた。

「……でもこんなラッキーなことってほとんど起こらないの。移民の家系のほとんどは、あまりいいリセには通えなくて、バカロレアの受験資格すら取れないまま、中退してしまう。一方でノルマルやENA（行政学院）、シアンス・ポ（政治学院）とかのグラン・ゼコールに入れる学生は、なんだか世襲みたいになってきてる。こんなのおかしいわ」

「グラン・ゼコールって？」

「ナポレオン時代に原型が作られた、フランスのエリート養成機関みたいなものかな。ノルマルとかENAとか幾つかの大学の総称。全大学の人数の四―五％前後しか通っていないのに、大学予算の三分の一を使ってるの。そしてグラン・ゼコールを出た学生は自動的に、この国の指導的な立場につくの」

日本だと東大のようなものだろうか、と思ったが、話を聞く限りはもっと差別的な選別が行われているのがこの国の高等教育のようだ。

――ガラガラガラ。

出窓の外が激しく光った後、再び大きな雷鳴が追いかけてきた。瞬間、天井の明かりが消えた。停電だ、とすぐにわかった。このアパルトマンは電気設備が古いのか、普通の建物よりも停電になりやすい。ただ出窓の外も一層暗くなった感じがあり、もしかすると雷の影響で広範囲に停電が起きているのかもしれない。

僕は起き上がり、机の引き出しからろうそくとスタンドを取り出して、椅子の上に置いて火をつけた。ゆっくりと炎が大きくなり、僕らの周囲をぼんやりと照らす。

「――きれい」

オルガが炎を見ながら、小さく声を出した。

再びすさまじい雷鳴が響いた。オルガが僕に身をよせ、〈ちょっとスリリングで楽しいね〉とでもいうように僕を見上げて笑う。

雨は勢いを弱めないまま、窓ガラスに滝のように流れ落ちている。

「ねえ、アルジェリアのこと知ってる？」

オルガが顔に炎のゆらめきを受けながら、まっすぐに僕の目を見る。

「あまりよく知らないけど、『アルジェの戦い』っていう映画は見たことがある。面白い、っていうと君らに失礼なんだけど、ドキュメント調のしっかりした映画だったのに、最初から最後まで緊迫感にあふれてて、二時間があっという間だった」

「え、あれ見たの？」

オルガが華やかな声を上げた。

「まだアルジェリアにいる父さんのいとこも、エキストラだけど出演したんだって」

「へえ、だからって言うんじゃないけど、すごくいい映画だった」

本当にそう思っている。

「アルジェの戦い」はアルジェリアの独立運動を、ニュース映像のような緊迫したドキュメンタリータッチで描いた一九六六年のイタリア映画だ。ヴェネチア国際映画祭のグランプリを取っている。早稲田のミニシアターでリバイバル上映があり、僕は大学入学直後にそれを見ていた。

舞台は一九五〇年代から始まる。北アフリカのフランスの植民地だったアルジェリアでわきあがった独立運動を阻止するため、フランスは大軍を投入。民衆は怒りに燃え、テロ活動に火がついていく。

フランス軍は反政府組織のアルジェリア人に残忍な拷問を加えて組織の全貌をあぶり出し、指導者を殺害。テロは根絶されたように見えた。しかし一九六〇年、突如アルジェの街で何のきっかけもなく群衆が立ち上がり、壮大な反フランス運動が起きる。それはやがてフランスの世論を動かし、一九六二年、ついにアルジェリアは独立を遂げる。

それが映画のストーリーで、史実のままだ。映画の出演者はほとんどが現地の素人で、実際に独立運動に携わった人も少なくないとパンフレットに書かれていた。

再び椅子の上のシャンパーニュをグラスに注ぎながらオルガは言う。

「……だから私、ジャック・デリダ先生みたいになりたいの」

「デリダって？」

オルガはひどくびっくりしたように僕を見た。

「シュウ、デリダ先生を知らないの？」

うなずいた僕にオルガは続けた。「あなた、いくら芸術家志望だって、世の中のこともっと知らなくちゃ」

まるで学生に言い聞かせるときの教師のようだ。でもそんなふうに、自分が正しいと思うことをストレートに主張するところもオルガの魅力の一つだ。

「フーコーやドゥルーズと並ぶポスト構造主義の代表的な哲学者であり社会学者

よ。『声と現象』って本知らない？　去年までノルマルの助教授だったの。今年こそ授業を受けられるって楽しみにしてたんだけど、社会科学学院に今年変わっちゃったの。アルジェリア生まれのユダヤ系っていう出身で十九歳でフランスに渡ってきて、いろんな差別と闘いながら自分の学問を作り上げたの」

そう言えば、ポスト構造主義っていう言葉は、日本でもチラチラと見かけていたな、とは思った。でも何の関心もなく、とにかくやたらに難しそうだ。

「『声と現象』か、『エクリチュールと差異』か、どっちか貸してあげようか？」

「……ええと」となんとかオルガを怒らせないように断れないかと言葉を探す。フランス語は会話や日常の書き言葉は大丈夫だが、哲学書のような難しい文章は、相当の時間をかけないと読めなかったからだ。

突然、強いノックの音が響き、ほとんどこちらの反応を待たないまま、ドアが急に開いた。

「何？」とオルガが驚いて僕に肩を寄せる。慌てて部屋に駆け込んだせいか、カギをかけていなかったことにようやく気付く。

ろうそくの弱い光の中に、小柄な男が幽霊のように浮かんでいる。それがガレであることはすぐにわかった。黄色のカーディガンをはおり、右手にまたスパークリングワインのクレマン・ダルザスを持っている。ぼんやりと白く浮かぶガレは、なんだかクリスマス・キャロルに出てくる亡霊のようだった。

ガレも部屋に入ってこようとした瞬間、オルガの存在に気づいたようだった。

「あ、すまない。僕、また君とクレマンを飲もうかと……」

中年のようなしわがれた小さな声でそう言いかけたまま、なんだか行き暮れたように立ちすくむ。そのまま、僕とオルガをチラチラと見た。

「ガレ、ごめん、彼女が来てる」

「……そうだな、僕は雨と雷が苦手で……」

ガレは言い訳のように言うと、すぐにクルリと振り向いて、右手にクレマンを下げたまま部屋を出て行った。

そのとき、僕はオルガが激しく震えているのに気づいた。

「オルガ？」

呼びかけたが、オルガはガレのいなくなった場所に顔を向けたまま、何か恐ろしいものがそこにあるかのように眼を見開いていた。

「オルガ！」

動揺しながら大きな声を出し、バスローブに包まれたオルガの肩を強く抱き寄せる。オルガはそのまま、ぶつけるように僕の胸に顔を埋めた。

そのまま「誰？」と聞く。

「向かいの部屋のボザールの学生。ときどき部屋に遊びに来る」

オルガはしばらく何も言わないまま、じっとしていた。そして、やがて大きな息を吐き、顔を上げた。

問いかける僕の目に、オルガが平静を装おうとしているのがわかる。

それでもまだ動揺したような眼で聞いた。

「……なんていうか、あの人、怯えてるような顔だったね。いつもなの？」

怯えているようなのは君だ……。

そんな気持ちを押し殺し、「普段からおとなしい感じのヤツではあるんだけど」と答える。

様子がおかしかったのはガレも同じだと思った。

普通、友人の恋人がいて、それもバスローブ姿なら、謝ってすぐに出て行こうとするだろう。ガレはそれでも一瞬、部屋に居続けたいと願ったように思えた。

「みんなで飲もうか」とでも声をかけてくれないものかと待っているかのように。

もしかして彼らは以前からの知り合いなのだろうか。

オルガの動揺ぶりは、そうした可能性すら感じさせる。

しかしガレは、暗いながらもオルガの顔ははっきり見えたはずなのに、少なくともそんなそぶりはまったくなかった。あえて言えば、本当に雨が嫌いでたまらず、なんとか誰かと一緒にいたいと思っているだけのようだった。

再び大きな雷鳴が聞こえた。

オルガがまた一瞬身をよせ、それから話を変えようとでもするように言った。

「さっきの料理店、……びっくりした。シュウは、ケンカ強いのね」

僕も、もう何かを考えるのはやめようと思い、言葉を返す。

「格闘技、ちょっとやってた」

「ＫＡＲＡＴＥ？」

やはり日本の格闘技は空手というイメージなのだろうか。

「いや、前にこっちで住んでたときから、キックボクシングをやってた」

「だから、あんなに強いのか。……私ね、シュウがあの男を蹴り倒したときね……」

そのまま少し顔を起こし、正面から僕を見た。

ろうそくの揺らめきが、オルガの大きな目鼻と熱い唇に光と影を揺らす。

オルガは「あいつを蹴り倒してくれたとき……」と再び言い、赤褐色の燃えるような瞳に笑みを湛《たた》えたまま「私、ほんとは、少し濡れた」と言った。そのまま顔を僕の肩にぶつけた。

とたん、強烈な欲望に包まれた。

ガレのことも、オルガの異様な怖がり方も、あまり考えない方が良いことがらのような気がした。

僕は後ろからオルガの体に腕を回し、バスローブのひもをほどき始めた。オルガは何も抵抗せずにこう言う。

「……なんだか、今日見た『勝手にしやがれ』でもこんな場面があったね」

そうだった。でもなんだかいろんなことがあったせいか、ずいぶん遠い昔のように感じる。

「何してるの？」

オルガが顔をあげ、笑いを含んだ声で聞いた。

映画の中のパトリシアの言葉を真似ている。

僕もミシェルのように「脱がしてる」と言い返す。

「駄目よ、今は」。そうオルガが笑う。

「頭に来る」

そのままオルガの乳房をバスローブの上からつかんだ。オルガの体から力が抜け、深い息を吐いた。それから、聞いた。

「虚無と、傷心。……どっちを選ぶ？」

僕はオルガの首筋にキスをしながら一瞬考えて「虚無」と答えた。「傷心」を選ぶ中途半端さをオルガに隠したかった。

オルガが、「私も」と笑ったとき、僕の手がバスローブの内側に滑り込んだ。オルガの息が熱く荒くなった。そして「ちょっと待って」と言った。

「何?」

「フォークナーの本の名前を言えたら抱いていい」

「野生の、……何だっけ」

思い出せないまま僕は乳首を探り当てた。乳首はこの前よりもさらに、硬く長く伸びていた。

「ずるい」

オルガは体をくねらせ、小さな声をあげる。バスローブをはぎとり、オルガの体がろうそくの揺らめきの中にあらわになる。硬く尖った乳房と、絞り込まれたウエスト。筋肉質のきれいな長い足。

そのときまた雷が光り、オルガの裸身を照らした。美しい肉食獣のような体が一瞬、驚くほど白く輝き、消えた後も鮮明な残像を残した。

♪

パリは実は意外に新しい街だ。十九世紀後半に当時の知事によって都市の大改造が行われて、古い街並みはほとんど失われた。凱旋門《がいせんもん》やオペラ座、オルセー美術館、そしてモンマルトルのサクレ・クール教会など有名な観光スポットの多くも、実は十九世紀以降のものだ。

「だからこそ、中世のパリを探しにいきましょう」

美術試験予備校《プレパ》の講師であるジジはある日そう宣言し、僕らを国立中世美術館のあるパリ南部のクリュニー地区に連れてきていた。

予備校はアトリエで絵を描かせるだけでなく、こうして街並みや建築物などの観察も三週間に一度くらいの割合で授業に組み込んでいた。なんだか大学のゼミのようでもあり、ひたすら早描きの練習だけをさせられた日本の美術予備校とは大きな違いだ。

「……廃墟と家が混じっとるやんか」

最年長の日本人留学生、テディベア似の大塚さんがクロヴィス通りの城壁跡を見上げて小さな目をいっぱいに開いた。

確かに廃墟を思わせるような幅五メートル、高さ二十メートルほどの石積みに、建物が寄り添うように建っている。石積みを削らないように、その凹凸に合わせて建物の形が決められているので、この二つが有機的に溶け合っているように見える。

近くでお互いにゲイだと公言しているアメリカからの二人の男子留学生、ウィリアムとチャールズが、腕をからめたまま体をぴったりとくっつけ、不思議そうにその光景を見ている。彼らもまた、融合しているのかもしれない。

「この石積みは、かつてパリを囲んでいた城壁の跡なの」

いつものオレンジのタートルネックのセーターを着たジジが、いつの間にか僕と大塚さんの傍にいて説明を始める。

「一二〇〇年ごろ、ノルマン人の侵入を防ぐために、オーギュスト二世がパリを囲むように造ったんだけど、東西も南北もたった二キロくらいの狭い壁の内側に、十二万人くらいの人が暮らしていた。それが十三世紀のパリ。ちなみにそのころのモンマルトルは、葡萄《ぶどう》畑と小麦畑があるただの丘で、城壁のはるかに外側の場所だったわ」

大塚さんはジジを気に入っているので、近くにいると嬉しそうだ。もはや城壁跡ではなく、ジジのオレンジ色の丸眼鏡を一心に見ている。

「この城壁跡は今もパリの何カ所かに残っているの。中世のパリの、かすかな面影ね」

石積みの城壁の隙間からところどころ草が生えて、なんだか知らない黄色い小さな花も咲いている。死んだ城壁から吹き出ている命。世界はすべてそういうものなのかもしれない。手で石肌をなでると、不思議な温かみが伝わってきた。

城壁跡にそって歩くように西へ進むと国立中世美術館の青い屋根が見えてきた。

十四世紀の初め、クリュニー会の修道院長がこの場所に残っていたローマ時代の浴場跡の土地を買って邸宅を建てた。一部にチャペルを組み込んだ、三階建ての中世建築。今ではこれが美術館に改造され、絵画や彫刻だけでなく、家具や陶磁器などの日用品まで中世美術の様々な品を展示している。

館内は外光がステンドグラスで弱められるせいもあってどこか薄暗く、それはそのまま中世という時代を想起させる。

玄関を入ってすぐ左側に目につくのは、イエスの磔刑《たっけい》像だ。なぜか節《ふし》だらけの木が使われ、あちこちにヒビが走っている。頬と下半身の衣類に、かすかな彩色の跡が残る。

静かに閉じられた目には苦痛の色は見えず、しかし強い悲しみのような感情がそこに漂っていて、見る者の心を揺さぶる。

そのままま っすぐに進むと、二メートルほどの高さがあるアダムの裸体像がある。男性にしてはほっそりとした中性的な体つきだ。十三世紀のもので、もとはノートルダム大聖堂で、エヴァの彫刻とともに最後の審判のキリスト像を囲んでいたらしいが、なぜか今はアダムだけが引き離されてここにある。

ジジがアダム像を解説する。

「中世は性の制約が強かったから、等身大の裸体像は珍しいの。でもこの像の制作者は、戸惑いのようなものを感じさせず、素直に裸体を表現しているわ。それにアダムとエヴァは『原罪』という否定的な意味づけがなされることが多いけど、このアダムにはそんなニュアンスが感じられず、自分を誇示するような肯定的な美しさがあるわ」

ゲイのウィリアムたちは腕をからめたままアダム像の後ろに回り込み、後方からアダム像を見ている。

大塚さんが耳元で「あいつら、アダムのケツのあたりみとるで。なんかやらしいな」とボソボソつぶやいた。

中世美術館の二階には荘厳《そうごん》なチャペルや、金銅板を打ち出してイエスの使徒たちを描いた「聖霊降臨の祭壇飾り」などがある。しかし最も有名で「クリュニーの至宝」とも呼ばれているのは、直径五メートルほどの円形の部屋の壁に展示された「貴婦人と一角獣《いっかくじゅう》」のタピスリー（刺繡《ししゅう》画）だ。

高さが四メートルほどもある大きなもので、全六枚で構成されている。赤を基調に絹と羊毛で織り上げられ、すべてに美しく若い貴婦人と一角獣（頭に白く長い一本の角が生えた、真っ白な仔馬のような生き物）が描かれている。

「中世において一角獣は恋に落ちた男性を表していたので、タピスリーはまさに男性が女性に捕獲され、手なずけられていることを示しているのだと思うわ」

ジジの小さな声の説明が、少し薄暗い円形の部屋と、タピスリーの一枚一枚に吸い込まれていくような気がする。

六枚のうち五枚はそれぞれ「視覚」「聴覚」「触覚」「味覚」「嗅覚」を表している。例えば視覚を表すタピスリーでは、一角獣は女性の膝に前脚を載せて首を撫でられながら、鏡に映る自分の姿に見入っている。一方「触覚」では女性は一角獣の傍に立ってその角に優しく触れ、貴婦人がオルガンを弾くタピスリーは「聴覚」というふうに。

「問題は、残る六枚目のタピスリーなの」とジジの解説が始まる。そこでは女性が宝石箱の美しい首飾りに触れている。

「カギになるのは、このタピスリーの一番上に書かれた『A Mon Seul Désir《私のただ一つの望みに》』という謎めいた言葉かしら。これをどうとらえるかによって、まったく対立する二つの解釈が生まれてきていたの」

「Quoi?（なんでっか）」と大塚さん。脇にくっついて、小さな目で一心にジジを見つめる彼は、やはりテディベアに似ている。

「『私』というのをこの女性だとして、Désirを『望み』と普通に理解すれば、この女性は差し出された宝石箱から首飾りを取り上げているのであり、これから五感に身を任せるという、始まりの意味になる。でもDésirには『自由意思』という意味もあるから、それなら意思の力で感覚をコントロールしようという解釈もできる。つまり六枚目は、もう五感にただ身を任せた時期を終えようとして、これまでつけていた首飾りをはずして宝石箱にしまおうとしている光景だってこと。このタピスリーは全体の始まりではなく終結部にあたることになるわ。最近ではこちらの解釈の方が多く、通説になってるかな」

確かにどちらとも考えられる気がした。大塚さんは小さな目をさらに細めて、一心に六枚目のタピスリーを見続けている。

一階に下りる石造りの階段で、事件が起きた。

ジジが階段の上部を下りながら不意に体を丸め、一瞬手すりにつかまろうとしたが届かず、そのまま倒れそうになったのだった。

ジジの少し後を下りかけていた僕は「──あ！」と大きな声を出してジジの腕に手を伸ばしたが、間に合わなかった。その後の一瞬の記憶は、精神が張り詰めていたのか、今もスローモーションのように残っている。

僕の声に反応して、わずかに下にいた大塚さんが、驚いた顔で倒れかかるジジを見上げた。大塚さんの前には、ウィリアムら数人の受講生が階段を下りかけていて、一番下までは五、六メートルほどもある。

──ジジが大塚さんたちを巻き込んで、全員が崩れ落ちてしまう。

小さな叫び声をあげながらジジの体が傾いていく。しかし大塚さんは階段の途中で、「わあ」という大きな声を出しながらもジジの肩を一歩も動かずに抱きかかえ、踏みとどまったのだった。ジジのオレンジ色の丸眼鏡だけが大塚さんの頭上を飛び越え、階段の下へ落ちて行った。

いくらがりがりにやせているとはいえ、階段の途中で倒れかけた大人の女性をがっしり受け止めた大塚さんの力は驚嘆すべきものだった。

ジジを受け止めた大塚さんにクラスの何人かが気づき、少し遅れてあちこちから叫び声のようなものが上がった。

抱きかかえられたジジを大塚さんは階段の途中でゆっくりと立たせ、自分が肩を貸してゆっくりと下までおりた。ジジは身長が百八十センチ近くて大塚さんより十五センチも大きい。でもジジを支えている大塚さんには何だか風格すらかんじられた。

まだおぼろな意識に見えるジジを、大塚さんは慎重に一階の奥にあるステンドグラスで覆われた部屋に運び、そこにあったソファに座らせた。八月の月曜日で、多くの市民はバカンスに出かけ始めた時期ということもあって、客は僕らのほか数人だけだ。

ジジはそこでようやく、意識がはっきりしたようだった。

「私……」

そう言うと、座ったまま両手で自分のおなかを抱きかかえるようにした。そのまま数秒じっとしていて、ふぅ、と長い息を吐いた。

「SAMU（救急車）呼ぼうよ」

ゲイのウィリアムが心配そうなかすれた声を出した。さすがに今はチャールズと腕を離している。

「いいの。大丈夫。……でも私はここでちょっと休みたいし、今日の予定はこれで終わりだから、ここで解散でいいかな」

ジジが少しかすれた声で言う。クラスの生徒たちは口々にジジに心配そうに声をかけていたが、答えることが彼女のいっそうの負担になると察して、素直に数人ずつ美術館から出て行った。

ジジはそのまま頭を抱きかかえるようにして、しばらく動かないでいた。

後に残ったのは僕と大塚さんだけだった。大塚さんは絶対に動こうとせず、でも自分だけ残るのは何となく不安なのか、「あんたもおってや」と僕にそう言った。

あちこちの聖堂から集められてきたステンドグラスの美しさを際立たせるためか、部屋は薄暗い。目の前にはサン・ドニ聖堂にあったとされる十二世紀前半の作品、「聖ベネディクトゥスの昇天」が、夕暮れの光を通して輝いている。天に向かう聖ベネディクトゥスを見上げる修道士たちが、青、赤、黄色など原色を大胆に使った構図で描かれている。

「ごめんね……。妊娠初期は、自律神経のバランスの低下でめまいや立ちくらみが多いって聞いてたんだけど……」

ジジが再びおなかをさすりながら、小さな声で言う。

「大塚さんは、子供の命の恩人」

大塚さんの目が普段の二倍くらいに見開かれている。それでも普通の人の半分くらいなのだけれど。

「結婚、……してたんでっか」

動揺のせいか、声が震えている。

「結婚？　してないわ」

ジジが少し不思議そうに言い、それから僕らの疑問を感じたように付け加えた。

「この子は同じボザールの院生の人の子供。妊娠が分かったとき、もう彼とは別れてたんだけど。でも私、ボザールで講師になれそうだし、たぶん生活には困らないわ」

フランスはもともと婚外子が多い。一九七二年に「子の平等の原則」のもとで、婚外子に嫡出子《ちゃくしゅつし》と同じ相続上の権利を保障したので、彼らは差別を受けることはない。

もともと日本のような戸籍は存在せず、「嫡出子」「非嫡出子」を記載する必要もないし、子供の姓に関して父方、母方どちらかの姓かまたは両方の姓を名乗ってもよいことになっていることも、婚外子を容易にしている要因だろう。二〇〇六年には婚外子が出生数の五〇％を超えたことで話題になったが、当時でも、たぶん二─三割は婚外子ではなかっただろうか。

つまりジジの選択はそれほど珍しくはなかったのだが、当時の僕はそんなことは知らなかったし、大塚さんもそうだったようだ。

「せやけど、こ、子供が生まれるんやったら、彼氏ともう一回、話したらどうでっか」

大塚さんはまだ動揺しているようで、少し口ごもりながら言う。

「私と彼はもう終わったの。それはもう仕方がないわ」

ジジは少し気分が良くなったのか、声に張りが戻りつつある。

「でも本当にありがとう。あのまま階段で倒れてたら、この子は危なかったかも」

言葉につまりながらも一心にジジを見つめる大塚さんの感情を、その時はじめてジジは察したようだった。

少し黙り込んだ後で、不意に僕に顔を向けて聞いた。

「シュウは、あの貴婦人の六番目のタピスリーの意味、どちらだと思った？　五感のままに生きようとし始めているのか、それとも五感を意思で封じこめて、新しく何かを始めようとしているのか」

僕にはわからなかった。

ジジは今度は大塚さんに目をやりながら続ける。

「実はもう一つ解釈があるの。有力な学説ではないからさっきは言わなかったけれど。マイケル・カミールっていう若くして亡くなった中世史家の意見。Désirはやはり『望み』と考えるのだけれど、自分がこれから五感のままに生きようとしているのではなくて、愛する人に喜んでもらえることが自分のただ一つの望みだっていう解釈。つまりあの絵は、彼女がじかに身につけていた宝石を愛する人への贈り物にしようとしているという意味だってこと。今までは自分の五感を楽しんできたけれど、これからは愛する人に喜んでもらうことこそ、『A Mon Seul Désir《私のただ一つの望みに》』だっていうの。つまりやはりあの絵は、始まりではなくて終わりを表すのね。六枚全部に満ちている優美な優しさを考えたら、それが一番私には納得できるわ」

外で日が陰りつつあるのか、光が弱くなった。それは窓のステンドグラス、聖ベネディクトゥスをより神々しく見せていた。そこからパイプオルガンでの荘厳なミサ曲が流れ始めるような気がした。

大塚さんは、なんだか顔に濡れたナプキンを投げつけられたような表情でたたずんでいる。ジジはさっきの言葉を、おそらく自分は子供に対してすべての愛を捧げる気持ちを持っているということの暗示として言ったのだろうし、大塚さんもそれを感じ取ったと思われた。

ステンドグラス越しの原色を帯びた光に包まれ、僕たち三人はそのまま少し黙った。

やがてジジは座ったまま静かにうつむき、また自分の下腹部にそっと手をあてた。

♪

――希一。

君は知識や教養について、どう考えるだろうか。

例えば今書いたばかりのタピスリー。この絵について何も知識がなかったら、ただ円形の部屋に置かれた優美な六枚の刺繍画を見て、きれいだと思うだけで終わるだろう。もちろんそれだって素晴らしいことだし、そうした楽しみ方が本来のものなのかもしれない。

でもジジからタピスリーを巡る様々な解釈を聞いたとき、父さんは一枚一枚に対して、さらに深い何かを感じたように思ったんだ。

そもそも一角獣が中世で「恋に落ちた男性の隠喩」であることがわからないと、この絵は単に珍しい動物を描いたものだと思ってしまうかもしれない。そうすると、貴婦人が優しく一角獣の角に触れていることの意味も、見過ごしてしまうだろう。

最後の一枚に様々な解釈があることを聞かされた後、タピスリーの上部に描かれた「A Mon Seul Désir《私のただ一つの望みに》」という文字をもう一度見たとき、突然、制作者の肉声が聞こえたような思いさえして、背中が震えるようだった。

そしてこうした知識を僕たちに与えてくれた後だからこそ、ジジによる第三の解釈は、彼女の思いを少し婉曲《えんきょく》な形で大塚さんに伝えるために重要な役割を持った。

知識というものについて、父さんはちょっと変わったイメージを持っている。下にどっしりした本体があって、その上で先に吸盤がついた長い触手がゆらゆら揺らいでいるというイメージだ。形としては、イソギンチャクのようなものを想像してくれればいい。

そしてそのうえを漂いながら行き過ぎていく新しい知識の群れを、ときおり触手の吸盤で摑まえては、本体の方に取り込む。そうすると本体自身が少し大きくなり、触手ももっと高いところまで届くようになる。

何が言いたいかというと、知識を増やしていけるかどうかは、自分がそれまでに、高いところまで触手を伸ばせられるように、本体（イソギンチャクの台の部分だ）を大きくしておけるかどうかにかかっているということだ。

典型例は、まずは語学だ。これができることによって、話を聞ける相手も、読める文章も格段に広がる。これについて父さんは運が良かった。小さいころにフランスに暮らしただけでなく、帰国後もおじいさんに半ば無理やりにアテネ・フランセで会話の勉強を続けさせられたからこそ、父さんは再び一人でフランスに戻ることができた。

そもそも言葉がわからなければジジのタピスリーに関する解説など理解できようはずがない。パンフレットや解説書も読めないだろうから、クリュニーの美術館に行っても単に「きれいなタピスリーを見られたな」で終わっただろう。知識の深まりと、それによる人生の豊かさが、各段に減ったはずだ。

君が今勉強している中学の英語も、将来外国の人と会話をしたり本を読んだりするための非常に重要な基礎となる。語学はさっき言ったイソギンチャクの土台を大きくする非常に有効な手段だと知ってほしい。

英語だけでなく、君がいつかフランス語で少しでも父さんと話せるようになれば、どれほどうれしいかしれない。

このように知識は、いったん増え出すと雪だるま式に増えていくし、何も努力しないいままだと（イソギンチャクの台が小さくて触手が低いところしか届かないままだと）、いつまでも何もわからないまま人生を過ごしていくことにもなりかねない。

——希一。

この先は、もしかすると書かない方がいいのかもしれない。せっかく知識を増やすことの大切さを書いたばかりなのだから。

でもこの文章には、できる限り考えていることのすべてを残していきたい。答えが出ないことではあるけれど、そのまま書いていこう。

父さんはある時期から、懸命に自分の知識を増やすように、つまりイソギンチャクの台を大きくして、なるべくたくさんの新しい知識を摑まえるように努力をしてきた。

経済の分野でも、芸術や文学などの人生を豊かにするための分野でも、いつの間にかそれなりのことを人と話し合えるようになり、自分には少し誇らしいことだった。


でも、自分がもしかするとそれほど遠くない時期に死ななければならないのかもしれないと思うと、恐ろしいほどの虚しさを感じる。

夜、一人でいるときなど、特に。

自分が懸命に蓄えてきたたくさんの知識は、何のためだったのかと。どうしてそれなりに努力して身につけたものが、一瞬にして消されてしまわなければならないのかと。それは体が震えるような、怒りにも近い感覚だ。

昔読んだ何かの本で、「一人の人が死ぬということは、大きな図書館が一つ、この世からなくなること」と書かれていたのを思い出す。知識だけに限らず、その人にとっての幼いころからの様々な記憶、愛した人への思い、そして悲しみや怒りの記憶――、そうしたものが詰まっている大きな図書館が、一瞬に、青空の中の蜃気楼《しんきろう》の建物のようにゆらめき、消えて無くなる。まるで初めからそんなものは存在しなかったかのように。

父さんはだからこそこうやって、自分の人生の断片や思いを文章の形で残そうとはしている。でもそれだって、父さんという「図書館」のほんのわずかなものにしか過ぎない。

人生の終わりかもしれない時期にこうした悔恨《かいこん》や虚しさ、理不尽さを感じるのは、父さんが、人生を悔いなく生き切れなかったということなのかもしれないな。

♪

八月のパリの空はとても透明で、建物の影になった部分にさえ、軽やかな明るさを投げかけている。

そんな夏のきらめきの中を歩いているのに、それでもやはりガレは老人のように見える。小柄で猫背というだけではない、どうしてだかしぼんだような印象が彼の姿にはつきまとう。

僕らはその日、ガレにボザールを案内してもらおうと、パリ六区のボナパルト街をセーヌ川に向かって歩いていた。

通りすがり、グレーの壁のカフェに、三メートルほどの高さの人形が立てかけてあった。顔の部分は紙粘土のような白い材料で、首から下は中に人間が入って操作できるように布で覆われている。中に入ったまま竹馬のようなものに乗って、動かすのだろうか。

手首のあたりからやはり操作に使うらしい長い棒が下に伸びていて、フランス人らしい若者数人がその棒を使って練習のように手足を上げたり下げたりしている。

「あれは、ボザールの学生のアルバイト」

　ガレが横目に見ながらボソッと言う。

「アルバイト？」

「そう。金がない学生が多いだろ？　だからボザールの学生はいろいろ路上でパフォーマンスをやって金を稼ぐんだ。近くのリュクサンブール公園でやることも多いけどね」

「パフォーマンスってお金になるのか？」

「なるべく変わったものをやれば結構お金を投げてくれる。パリの人たちは、ボザールの学生ってみんな変人だと思ってるんで、多少羽目を外しても大丈夫。友達の香港《ホンコン》系の学生は、中国《ちゅうごく》武術の格闘パフォーマンスをやって五日で二千フラン稼いで、今はその金でツールに自転車旅行に行ってしまってるんだ」

　ガレは人生の重荷を吐き出すようにかすれ声でそう言った。そんな彼らにもガレにも別に罪はないのに。

セーヌ川をはさんでルーヴル美術館のちょうど対岸にあたる部分にボザールはある。

正式な名前はEcole《エコール》 Nationale《ナショナル》 Supérieure《スペリアー》 des《デ》 Beaux-Arts《ボザール》。

「Ecole」は学校、学派、流派を意味し、「Beaux-Arts」は美術（絵画・彫刻などfine arts）のことだ。カリキュラムは画家と彫刻家育成の「絵と彫刻アカデミー」と建築家育成の役割を果たすセクション「建築アカデミー」に分割されている。生徒数は今も昔も六百人台と比較的少なく、二割以上を海外からの留学生が占める。

絵画ではドガ、ドラクロワ、モネ、ルノワール、シスレーなどの巨匠たちもこの学校で学んでいるし、建築でもボザール派という多くの建築家を生んでいる。

ニコラ・プッサンとピエール・ピュジエの胸像を頂部に載せた左右の門柱が正門の目印だ。午後二時前で、遅めの昼食帰りなのかかなりの学生が門に吸い込まれていく。何割かは画材や建築道具を入れた大きな鞄を抱えていた。

意外に普通の外観の学生が多いが、なかにはいかにもボザール生らしく、髪を腰のあたりまで伸ばして後ろで束ねた男子学生や民族衣装の裾をミニスカートのように切り詰めた独特の装いの女子学生もいる。

僕もいつか、彼らに交じってこの門をくぐれるだろうか。そして広場で友人たちとパフォーマンスをやれるようになるのだろうか。

なんだか浮き立つような感覚を覚えた。そのためには、とにかくこの学校に合格しなくてはならない。

目の前には白い石畳の広い中庭があり、正面に卒業生でもあるフェリックス・デュバンによる、フレンチルネサンス建築の石造りの四階建ての本館が威容《いよう》を見せる。

「ちょうど、『Portes Ouvertes《開かれた扉》』をやってるから……」

ガレがまたボソボソと言う。Portes Ouvertesというのは、卒業する五年生（ボザールは五年間のカリキュラムだ）以外の学生たちが、日本でいえばゼミにあたるそれぞれのアトリエごとに作品を発表、一般公開する展示会だという。

案内されるまま、古い石造りの階段を、展示会が開かれている三階まで上る。途中、金髪の小柄な女子学生がガレをみつけ、からかうような口調で「こんにちは！　grand-père《グランペ》」と声をかけた。目が大きくてかわいらしい顔立ちだが、顔じゅうにたくさんのニキビがある。

ガレは照れくさいのか嫌なのかちょっとだけ頷いて「やあ、リュシー」と答えた。グランペは「おじいさん」という意味だ。校内でも、そういう印象で見られているのかもしれない。

三階には各アトリエ（ゼミのようなものだ）ごとに、油絵や水彩、エッチング、彫刻、工業デザインなどジャンルごとに作品が展示されている。

最初のアトリエは油絵（油絵は数が多く、計三十くらいのアトリエのうち十二くらいが油絵だ）だった。部屋へ入るときにかなり緊張した。自分の想像のつかないようなレベルの作品ばかりなら、この学校へ入れる可能性などないと、認識させられるかもしれない。

ゼロ号のごく小さいものから百号（人物画なら一・六二メートル×一・三メー

トルだ）を超えるような大きなものまで、十幾つかの作品が壁に掛けられ、窓からの真昼の日差しに輝いていた。

絵を見ていたのは、おそらくボザールの学生だと思われる若者七、八人と、中高年のカップルなどが二、三組。展示会は学外の市民も入場が可能なので、毎年多くの市民が訪れるという。入口近くの壁に張り付くように、監視員役らしい二十歳過ぎの男子学生が椅子に座り、退屈そうに本を読んでいる。

僕らを見るとちょっとだけガレに右手をあげた。顔見知りのようだが、声まではかけなかったのでそれほど親しくもないようだ。

最初に目に入ったのは入口から右へ数メートル先に飾られている裸婦像だった。四十号（一メートル×〇・八〇三メートル）ほどのそこそこ大きなもので、白色の台に腰掛け、左足だけを両腕で台の上で抱え込むようにしている東洋人らしい女性が描かれている。

「さっき、階段で、声掛けてきた子のだよ」

ガレが、またつぶやくように言った。

少し意外な気がした。描いた絵は技法もしっかりしているし、カドミウムレッドを基本にした背景の赤もきれいだ。でも、少女のように見えた彼女の描いたものなのに、鮮烈な若さのようなものが感じられない。中高年の技量の優れた画家が、誰かに頼まれて仕方なく描いたような絵のように見えた。

「……君の絵の方が、よっぽどいい」

ガレが僕の方を見ないまま、小さく言った。

隣にあったのはヨーロッパアルプスを描いた風景画だった。おそらくホワイトとインジゴを二対一ほどで混ぜた空の薄い青が、やや影を多くした山並みときれいに溶け合っている。でもやはり特に強い印象は残らない。セザンヌの「サント・ヴィクトワール山」のレベルを五段階くらい落としたような感じがする。

「ボザールといっても、こんなものか……」

拍子抜けするのと一緒に、どこか安堵感があった。確かにデッサンや配色、筆遣いなどの技量では僕より優れているだろうけれど、見る人にどれだけ強い印象を残せるかと言うと、自分の方が勝っている気がした。これなら、自分が入学できる余地だって、かなりあるのではないか。

でも……、と不思議だった。これが、世界で最高峰と言われる美術学校の生徒の作品なのだろうか。

印象を一変させたのは、五メートルほど進んだ壁際の絵だった。

街のショーウインドウの前に、自転車が止めてあるだけの、どこにでもあるような風景を、点描の技法を使ってオレンジの濃淡を基調にまとめている。

(なんてきれいな色遣いなのだろう……)

もちろん現実には、街の風景はオレンジがかってなどいない。

でもそのすべてをバーミリオンを主体にした美しいオレンジ系の濃淡で描いたことで、平凡なはずの風景が鮮烈な印象を与えるものに生まれ変わっていた。

「……この絵、いいな」

思わず言葉を漏らすと、ガレも真剣な顔で頷いた。それから、監視員役で入口の傍に座っている男子学生を顎《あご》で示し、「彼のだ」と言った。

ひょろ長い手足とぼんやりした長い顔。人生そのものに退屈したように、椅子に座ったままぼんやり窓の外を見ている。凡庸《ぼんよう》さしか感じさせない外見の中に、噴き出るような才能が隠されている。

自分が描く絵にそんな力があるだろうかと思いながら歩き始め、そのまま数メートル先に掛けられていた絵は、さらに僕に鮮烈な印象を残した。

小さな二階建ての石造りの家の前を、若い男性が通り過ぎようとしている。しかし家も若い男性も、周囲の空気に溶け込むようにゆらめいている。

そのゆらめきが、今まさに時間が流れ去りつつあることを、驚くような説得力で提示している。本来は一瞬の時間を静止させてとどめるはずの絵画というジャンルを、変えてしまおうとしているような試みだ。

ゆらめきの感覚は、たぶん「拭き取り」という技法でもたらされている。色が生乾きのうちに、テレビン油を含ませた布で少し拭き取りながら描くことで、輪郭や色が流れるように見えてくる。下手をすると単に色が混ざってしまうことになりかねないが、この作品は目指した効果をきちんと達成していた。

時間の動きを絵画に表すという野心的な挑戦と、確かな技術が融合して生まれた絵だった。その結果、何気ない一軒家と男性が、絵画の中だけの異世界として確かに存在しているような印象を与える。

――作品を作ることは、そこに世界そのものを作り出すということ。誰のものでもない、あなたたちだけの世界を生み出すということよ。

突然、美術予備校でのジジの言葉が耳に蘇る。この絵は、まぎれもなく、描かれることによって新しい世界が作り出された例だろう。

僕自身、絵を描くたびに何らかの創造を加えたいと思っている。だからこそ、現実とは違う背景を織り込むことも多い。でも目の前の絵は、僕と違って極めて自然に、てらいや気負いもなく新しい世界を作り出しているように見えた。それだけ、僕の作品より明らかに価値が上だった。

最初に見た二作こそ何の印象も受けなかったが、その後の作品、特に時間が揺らぐようなこの絵は、僕の自信を失わせた。こうしたものがボザールの平均的なレベルなら、自分はそこに到底達していない。

絵の前に佇んでいると、ガレが僕の気持ちに気づいたように「すごい絵だろ」

とニコリと笑った。

「うん」

「誰のだと思う？」

「さあ、そもそも俺、ボザールの人なんか知らないよ」

ガレがまたニコリとした。いい具合に年を重ねた、人のよい老人を思わせる笑顔だ。そのまま「君の先生だよ」と言い、絵の右下に小さく描かれたサインを指さした。

――Gigi
――ジジ！

思わず声を出すと、ガレはおかしそうに笑った。以前、ガレからジジがアトリエの教授の教え子だと聞いたことがある。

「だって彼女、院生だろ？　なんで展示会に？」

「もともと参加資格は五年生以外、ってことだけ決まってる緩いルールの展示会なんだ。俺みたいに在学生でも嫌なら展示物を出さなくてもいいし、逆に院生だって出すことができる。もっとも、院生で出すのはジジくらいだけどね」

驚いたまま、もう一度その絵を見た。

――そこに世界を生み出すということ。

ジジの声が小さく、耳元で聞こえたような気がした。


「やっぱりすごい作品が多いな。圧倒されたよ」

ボザールの本館一階の外側の通路は、中庭との間が石柱だけで仕切られた回廊になっている。僕はそのベンチに腰掛けてガレと話していた。あれから三時間以上かけて全部で十幾つかのアトリエを回り、時刻は間もなく午後五時になる。

監視員の男子学生やジジの作品はもちろんとして、やはり強烈な印象を残す多くの作品に巡り合った。例えばどうしてだかとてつもなく寂しい印象を見ている人間に感じさせるアカマツの樹林の油絵、赤や青の原色を大胆に使ってバリ島の神々を描いたアクリル画、女性の裸体をとてつもなく繊細な描線で表したエッチングなど、自分には到底ないような種類の才能のほとばしりを感じて、焦ったり奮い立ったりした。そして、どうしてもこの学校で学びたいという気持ちが強まった。

でも最初に見た二つの絵のように、優れた技量は感じるのに、あまり心を打たない作品もときおり存在していた。

「……その理由は、二つあるのかもしれないな」

ガレにそのことを言うと、解説を始めた。回廊は東向きで、西に傾いた太陽が建物の影を長く中庭に伸ばし始めている。帰宅を始めた学生のたくさんの後ろ姿が、正門に向かって流れていく。

「一つは、運よく技術力だけでボザールに受かった学生。こういうのも結構いるんだ。……もう一つは、模索している人間たちかな」

「模索？」

「そう。階段で僕に声をかけた女の子だって、アトリエで描いた最初の絵はすごかったよ。なんて鮮烈な色遣いをするんだって感動した。でも途中から、大正時代の日本人の画家の何とかっていう人に夢中になって、その人を意識した絵ばかり描くようになった。あの裸婦像だってそうだよ」

　そういえば、あの絵は昔の日本人画家――特に西洋に美術留学をした人たち――が描いた洋画のテイストに少し似ていた。たとえば野口弥太郎あたりだ。

「同じように、エッチングでエゴン・シーレの模造品みたいなものばかり描く奴や、ポップアートのリキテンシュタインに影響を受けまくってる奴もいるよ。でも、そんなのはしょせんマネなんだから、強い印象なんて残しようがない。……まあそういう模索で身につけたものが、いずれ自分のオリジナルな魅力に変わっていくのかもしれないけれど。みんなそれぞれ、才能はあるんだから」

　嗄れた声でボソボソと話すガレを見ながら思った。彼自身は、いったいどんな絵を描くのだろう。

　ガレは僕の部屋にはよく来るくせに、「どうしても、人に部屋に入られるのが嫌なんだ」と繰り返し言い、一度も彼の部屋に入ったことも作品を見せられたこともない。今日の展示会にも作品を出品していなかった。

「君の絵も、見たいな」

ガレは少し顔を僕に向けた。そこになぜか哀しい感情を見たような気がして、動揺した。弱まった夏の日差しが石畳の中庭のあちこちに影を長く伸ばし、学生の姿は少なくなり始めている。

「……雨が、嫌なんだ」

ガレは突然そんなことを言った。いつにもまして掠《かす》れた声で。とても晴れた日の夕暮れだったので、よけいに不思議な話の転換だった。

「雨が降ると……、いたたまれなくなる。というより、怖くてたまらなくなる。でも部屋には来て欲しくない。だから、……もしかすると迷惑かと思いながら、君の部屋に行く」

何だか気分が落ちている感じのガレを引き戻そうと、笑いに紛らわせるように聞いてみた。

「そういえば、前に彼女が来ている時もそうだったな」

すると本当に申し訳なさそうに「あっ」と声を出した。

「あの日は俺、本当に不安定で……。だって、雷もすごくて……」

責めるつもりなどなかったのであわてたが、「いや、彼女が君を見てなんだかびっくりしていたんで、もしかすると知り合いかと思ったんだ」とあのときに感じたことをぶつけてみた。

「俺が？　……君の彼女——ノルマルの人だっけ？　……その人とどうして？」

本心から不思議そうに僕を見ている。何か演技などできるタイプではなく、本当に心当たりがなさそうだ。ではやはりオルガは、単に突然の侵入者に驚いただけなのだろうか。

ガレは両足をベンチの上に引き上げて、顔を膝の上に埋めた。そのまま「いつもこんなに晴れてればいいのに」とつぶやいた。

「何か言いたいことがあれば、言ったらいいよ」

ガレはそのまま数分間、黙り込んだ。とても長い沈黙。

「君は、……精神が健全だ。そんな人には、自分がいつ狂うかって怯えている人間の恐怖感なんてわからないだろう」

「狂う？」

驚いてそう聞き返す。

「僕の四つ上の姉は、精神疾患で長く入院していた。ちょっとよくなったと診断されて、家にクリスマスの一時退院で帰宅したとき、夜明けに家の裏側の川に飛び込んだ。……たった、十九歳だった。ひどい雨の日で、姉の遺体はそのまま五キロも下流まで流されて、一週間後に見つかった。……飛び込んだのは誰も見ていないけど、胸くらいもある柵を乗り越えていたから、自殺に間違いない。しかも、左目を、自分で突いていた。傷跡からは、ペイントナイフだろうと思われた。姉はいつも、自分の目が嫌いだって言っていたから。とてもきれいな目なのに、自分が人を見つめると人を不快にさせる。特に左目がいけないと言っていた……普段は優しくて、……病気の時はときどきひどいことも言われたけど、僕は、姉さんが、大好きだった」

膝に顔を埋めたまま、うめくように言った。回廊の石柱の脇には一体ずつ白い石の彫刻が並んでいて、走りだしそうなポーズをした若者の裸体像が、僕らを瞳のない目で見つめている。

「……だからって」

「姉だけじゃない」

少しだけ上げた顔に暗い影が漂う。

「僕の父も、祖父も、精神疾患だった。父は精神疾患で病院でなくなり、祖父は、もう六十過ぎてからさえ精神科を入退院していた。父も祖父も自殺ではなかったけど。うちが豊かなのはなぜか代々、すごくしっかりした女性が嫁いできてくれて、ホテルの経営を取り仕切ってくれたからなんだ。でも精神疾患って、遺伝することが多いんだよ。たぶん、姉さんも僕も……」

「ガレ！」

僕は彼の肩をつかみ、強く揺さぶった。

「でも、君がそんな心配をする必要なんかない」

「似てるんだよ。姉さんと僕は」

ガレは僕を見た。少し涙が浮かんでいる。

「姉さんは、ときどき、頭の中で声がするって泣いていた。お前はだめだ、死んでしまえ、って。特に雨の日になると、耳鳴りのような音が強くなって、死んでしまえって声が止まらなくなるって。医者は、こうした幻聴は精神の病の典型的な症状だって言ってた。姉さんは本当に、雨の日に死んでしまった」

肩をつかんだまま手が止まった。

「僕もなんだ。特にここ数カ月、ときおり、頭の中で声がするようになった。男の人みたいな声で、死んでしまえって。二週間くらい前から、やっぱり雨の日には、きいいい、っていう耳鳴りもする。医者からもらった薬を飲むとおさまることが多いけど」

予想を超えた深刻な言葉に戸惑い、言葉を出せなかった。

「……あと、目だ」

ガレの声が一層しゃがれた。

「目？」

「人の目を見つめるのが怖い。姉さんもそう言ってた。人の目を見つめていると、いつ自分がまばたきすればいいのか、わからなくなる。まばたきをがまんしているうち、そのうち自分の視線が不自然になっているんじゃないかって、怖くなる」

ガレはそのまま、もう一度膝に顔を埋め、声を出さずに泣きだした。肩ががたがた震えていた。何かから逃げるように、僕は思わずその肩から手を放してしまった。

♪

――シュウ、暑い。

僕の部屋でモデルをしてくれながら、オルガが口を尖らせた。

当たり前だ。八月になったばかりの蒸し暑い雨の日曜日なのに、オレンジの花がらのワンピースの上に白い革製のロングコート。つまり、五月にテルトル広場で初めて会ったときの服装をしてもらっている。

あのとき描きかけた絵は、美術予備校の課題に追われて途中になっていたのだが、今回「色の基本」のクラスの課題が「女性」という幅広いものだったので、オルガの絵を完成させて提出するつもりだ。

背景のリラの森はほぼ描き終わっていたのだが、オルガの姿は未完成だった。あふれるようなリラの花々の真ん中に立ち、まっすぐ意思的な目でこちらを見ている女性。

デッサンはきちんとできているはずなのに、描いたオルガがものすごく表面的な気がした。もう一度モデルになってもらうことを頼み、あの日と同じ服装をしてもらっている。

部屋には冷房がなく、前の住人が残していった黒い古ぼけた扇風機が僕とオルガの間を取りもつように首を振り続けている。

――ふぅ。

息を漏らし、僕は筆を止めた。

大きな目や鼻や口。アンバランスなのに、僕から見れば野生の獣のように美しい表情。そうした魅力はきちんと描けていると思う。でもどこか違う。

「休憩しよう」

そう言い、オルガが持ってきてくれたワインを冷蔵庫から取り出した。

――Chablis《シャブリ》 Grand《グラン》 Cru《クリュ》 Bougros《ブーグロ》 Cote《コート》 Bouguerots《ブーグロ》。

ブルゴーニュのシャブリ地区の、シャルドネというぶどう品種から作られる白ワインだ。グラン・クリュ（特級畑で作られたもの）だから特に値段が高い。ブーグロ・コート・ブーグロはシャブリ地区の中の畑の名前だ。

今も同じだろうが、日本人がレストランで飲むような高価なワインは、フランスの家庭やレストランではそれほど一般的ではない。普通はヴァン・ドゥ・ターブル（テーブルワイン）と呼ばれる、産地名が記されていないポピュラーなワインが飲まれることが多い。

シャブリのグラン・クリュは、潤沢な生活費を送られているオルガだからこそ買えるものだ。彼女がこれを持ってきてくれたとき、僕は少し驚いたけれど、以前のケンカに懲りたので何も言わない。彼女の親が裕福で彼女がそれなりのレベルのものを食べたり飲んだりするのは、僕がとやかく言うことではないと思う。

「あのリラ、きれいにドライフラワーになったね」

白の革コートをまるで敵のように床に投げ捨てながら、オルガの視線は出窓に向かう。

以前にオルガが持ってきてくれたリラの花束を、僕はドライフラワーにしてそのまま花瓶に入れていた。開け放たれた窓から雨の匂いのする風が吹き込み、リラのドライフラワーが少し身じろぎした。

僕はグラスに入れた薄い金色の液体を、オルガに渡す。ハンカチで額の汗を拭く様子を見て、本当に暑かったのだと、少し反省する。遠くでサクレ・クール教会の白い丸みを帯びた塔が、灰色の雨空につまらなそうに浮かんでいる。

僕らはベッドの脇に置いた椅子にそれぞれ腰掛け、雨に沈むウィレット公園の緑に目をやりながらワインを飲んだ。

「絵、うまくいかないの？　私には素敵に見えるのに」

オルガがグラスを口に近づけ、軽くシャブリを舐める。グラスを離したあと、唇を長い舌で舐めた。無意識のはずなのに、厚く赤い唇に舌が這うのを見ただけで僕は欲情した。

椅子をたって、オルガの方に向かう。

――オルガ。

肩に手を置いて、ベッドに促す。

オルガは僕を見ず、窓に目をやったまま、もう一度シャブリのグラスをほんの少し舐めた。

「絵のどういうところが、気になる?」

僕を見ないまま聞く。

「――それがよくわからない。でもなんだか、描いた女性が、君と少し違う気がする」

僕は彼女の脇にたったまま答え、もう一度、――さあ、とオルガの肩を押した。

でもオルガは何かを考えるような表情で、少しも動こうとはしなかった。笑みを浮かべないときのオルガの顎のラインは、少し男性的なくらいに四角ばっていて、でもそれが荒々しい魅力になっている。

「シュウは……」

と一瞬言葉を閉ざしてから、彼女は続けた。

「やっぱり、才能があるんだよ」

「――どういうこと?」

僕はそう言いながら、セックスをあきらめてオルガの傍らから離れ、自分の椅子に戻った。少し不思議だった。オルガはセックスが好きで、僕から誘ったとき、ほとんど断られたことはない。でも今日のオルガの態度には、どこか硬い殻が感じられた。

しばらく、そのまま僕らは黙ってシャブリを飲み続けた。酸味を帯びた洋ナシを思わせるのがこのワインの特色だと、オルガに聞いたことがある。ワインの味がよくわかるわけではなかったけれど、それでも辛口なせいかいくら飲んでも飽きることがない。

僕はふと思いついて、ベッドの脇においていたカセットデッキのスイッチを押した。
シャンソンのテープの再生が始まる。哀しみを帯びた旋律に合わせて、深い響きのバリトンが雨音に重なる。

——Dans les cafés voisins.Nous étions quelques-uns
——Qui attendions la gloire.Et bien que miséreux
——Avec le ventre creux.Nous ne cessions d'y croire

——いつも近くの喫茶店で、やがて手に入れる栄光を語っていた
——惨めだしおなかがすいていたけれど、未来の栄光を疑ったことなんかなかった

「ラ・ボエム」。シャルル・アズナブールという有名なシャンソン歌手が作った曲だ。若い絵描きと恋人の歌。僕らが初めて会った、テルトル広場で彼女はこれ

を口ずさんだ。
流れているのは二番の部分だ。昨日の夜、一番だけ聞いたところで電話がかかってテープを中断していたので、途中からの再生になっている。

――Et quand quelque bistro.Contre un bon repas chaud
――Nous prenait une toile.Nous récitions des vers
――Groupés autour du poêle.En oubliant l'hiver

――あるレストランが、料金の代わりに絵を引き取ってくれて
――温かな食事を振舞ってくれた
――そんなときは僕らはストーブの周りに集まり
――厳しい冬の寒さも忘れて、詩の朗読をしあったりした

いつの間にか、窓の外を見つめたまま、オルガはテープに合わせて歌い始めて

いた。

まるで降り注ぐ雨に向かって歌っているようだった。オルガの声は、高くかすれている。赤褐色のダリアのような彼女の容貌とは全く違う、青いリラのような歌声。

酔っていた僕も、その後の三番を一緒に口ずさんだ。彼女から聞いてこの歌を好きになり、歌詞とメロディをいつの間にか覚えている。

——Souvent il m'arrivait.Devant mon chevalet
——De passer des nuits blanches.Retouchant le dessin
——De la ligne d'un sein.Du galbe d'une hanche
——Et ce n'est qu'au matin.Qu'on s'asseyait enfin
——Devant un café-crème.Epuisés mais ravis
——Fallait-il que l'on s'aime.Et qu'on aime la vie

——イーゼルの前で僕はよく徹夜した
——乳房や腰のラインがうまく描けずに何度もデッサンに手を加えた
——夜が明けるころ、やっとコーヒーを手に椅子に腰をおろすのだった
——疲れ果てたけど、それでも喜びに満ちていた
——人々が愛し合わなければならないとか、人生を愛さなければならないとか
——そんな理屈のずっと前に、僕は現実を手に入れていた

僕らは歌いながら、お互い笑いを含んだ視線を送る。僕らの今が、まるで歌詞のそのままであることがなんだかおかしい。

そして、この歌を自分たちが歌うことは、自分たちの若さと才能に対し、自分たちが少しのナルシシズムを感じていることも意識している。

（それを自覚するくらいの知性はお互いにあるけど、それでもこんな状況を楽しんでもいいよね？）、と。

歌っている間にさらに酔いが進む。強まった雨音に負けないように、僕らの声が大きくなる。

突然、短いノックがあり、驚いてカセットをストップさせた。

音量が大きすぎ、周囲の部屋に迷惑だっただろうか。

少し戸惑うような間の後でドアが細く開き、ガレが臆病そうに顔だけをのぞかせた。

「――歌が」とガレは小さな声で言った。

「なんだか、歌が聞こえて、楽しそうだったので」

オルガを見ると(いいよ)というふうに頷く。

ボザールでの会話以来、ガレと少しぎこちなくなっていて、あれから何度も雨が降ったのに、ガレは部屋に現れなかった。もう一度自然さを取り戻すためにも、三人で飲むのはいいことだと思えた。

「シャブリがあるんだ。入って一緒に飲もうよ」

誘うと、ガレの老人のような顔が明るくなった。

さっきオルガがすぐに頷いたのは、少し前に彼女と酒を飲んだ時に、ボザールで聞いたガレの話をしたことがあったせいもあるだろう。

人生そのものに対する怖れのような気持ちを抱いたことを、そのとき僕は彼女に聞いて欲しかった。

話した場所はオルガの部屋の近くの小さなBARだった（彼女は女子学生専用の高級なアパルトマンに住んでいた。入口には管理人がいて、男性の出入りはかなり難しい）。

僕らはシャルトリューズという薬草系のリキュールでかなり酔っ払っていた。

オルガは「素直に、怖れてしまえばいいと思うな」と言った。

「ガレ――あの、雷と雨の夜に入ってきた、幽霊みたいな人よね？――。怖いものに、まっすぐ向き合えばいい。私だったら、そうするな」

そのまま不意に酔いが覚めたような強い視線で僕を見た。

（頭脳にも容姿にも恵まれた君にも、怖いものがあるの？）

そう聞きたい言葉をのみ込んだ。オルガは、そういうことで自分が人より優れているると指摘されることをあまり好まない。

「見つめないと、それはいつまでもなくならない」

オルガは小さな声で、そう言ったのだった。

ガレはなんだか漂うように部屋に入ってきた。オルガを紹介すると、まぶしそうに目をパチパチさせた。

安物のジーンズと黄色と青のチェックのワークシャツ。ジーンズにはあちこちに絵の具の飛沫が飛んでいるので、なんだかペンキ屋のアルバイトのようだ。さっきまで、実際に絵を描いていたのかもしれない。

ガレ自身もいつものクレマン・ダルザスを右手に持っていたが、まずはシャブリから飲むことにする。

オルガが新しいグラスに入れたシャブリを手渡すと、ガレはそれを持ってベッドの端に腰かけた。一口舐めるとすぐに「うまいな」と驚いた声を出した。確かにガレがいつも飲んでいるクレマン・ダルザスとは値段が三倍くらい違う。もっとも僕には値段の差ほどの味の違いはわからなかったのだけれど。

「すまない。彼女が来てるのに」

ガレは僕の心をうかがうように、僕とオルガを交互に見ながらそんなことを言う。

「でも、あの歌、ラ・ボエム、好きなんだ。歌声がずいぶん楽しそうで……」

あまり音楽を聴きそうもないガレだが、画学生にとっては親近感のあるテーマの歌なのかもしれない。あまりにすまなそうな口調に、それなら入ってこなければいいのに、と少しおかしくなるが、今日は雨だ。やはり精神的に不安定になったのかと気になる。僕はやはり、ガレのことが好きなのだ。

「……ノ、ノルマルなんだって?」

ガレが少し口ごもりながらオルガに話しかける。あまり女性に慣れていないのがわかるが、ガレなりにオルガと親しくなろうと努力している。

「ノルマルは、……優秀だけど、変わった人も多いって言ってた」

「あら、ボザールの人に、変わってるって言われるとびっくりするわ」

「あ、そういう意味じゃなくて、……伝統的に、面白いいたずらを考える人間が評価されるって……」

「canular《カニュラール》（いたずら）のこと？」

「そう……。有名なカニュラール」

僕がきょとんとしていると、オルガが「知的なセンスのある、機智《エスプリ》に富んだいたずらが、ノルマルでは好まれるの。ノルマル独特の伝統みたいなもの」と説明してくれる。

「ノルマルでは、優れた頭脳は世の中に面白いことを起こすためにこそ使われるべきだっていうちょっと自意識過剰な価値観があって、それこそ十九世紀からありとあらゆるカニュラールが行われてきたの。例えば三カ月前も、ゲルマニウムの新しい性質を発見したという発表を科学誌に書いたソビエトの学者がフランスに来た時、ノルマルの学生がまったくニセの学会をでっちあげて三十人くらいの聴衆を集めたわ。もちろん聴衆は学会の研究者なんかじゃなくて、みんなただのノルマルの学生。去年のアフガン侵攻で、学生がみんなソビエトに怒っていたって背景があった。

実はそれ、私も誘われて、前の恋人と一緒に出てたんだけど、面白かったわ。最初はノルマルの学生っていっても理学部の生徒なんかもちゃんと参加させて、最初はいかにも学術的な質問をするの。でも途中で一人が『それは新たな兵器に応用できないのですか。アフガン戦争にも応用できるんじゃ』なんて聞くと別の学生が『卑劣漢、科学は戦争に奉仕するものじゃないぞ！』と叫び出すの。で大乱闘になったふりをして、椅子や机をひっくり返し始めて。ソビエトの科学者は驚いて教室から逃げ帰ったわ。よくあんなバカげたことのために大変な労力を使うな、って驚いたけれど、なんだか楽しかった」

オルガは大きく口を開けて笑った。真っ赤なのどの奥までが見えるくらいに。そんなときの彼女はかなりエロチックだ。

でも話の途中で出た「前の恋人」という言葉がかすかに引っかかった。前の恋人はやはりアルジェ系のクォーターでパリ第六大学に在学中の医学部生だった。

将来の進路を巡って深刻なケンカをして別れてしまったと聞いたことがある。

ちなみにパリ大学というのは第一から第十三まであるそれぞれ独立した大きな大学群で、十三世紀にフランスの神学者ロベール・ド・ソルボンが神学部学生用のソルボンヌ寮を設立したのが起源だ。現在の十三校の中でも第一から第四大学までは今もソルボンヌの名称を使っている。第一・第二大学が法学・政治学系、第三大学が文学系、第五・第六大学が医学・物理学系などと分かれている。

オルガの前の恋人はどんな人だったのだろう。カニュラールというものの楽しみを理解できるくらいだから、精神的な余裕のある魅力的な人間ではないだろうか。自分が何も持たない美術予備校生であることに、かすかな劣等感を感じる。

「……そうか、今も、カニュラールの伝統は続いてるんだな」

ガレも微笑むように口にしながら、今度は自分で立って冷蔵庫のシャブリをグラスに入れる。もう残り四分の一くらいしか残っていないが、なくなればガレのクレマンを飲めばいい。

興が乗ったのか、オルガは今や伝説となった十九世紀後半のカニュラールの例などを幾つか教えてくれ、僕らはそのたびに笑った。

夕暮れになり窓の外は暗くなり始めているが、まだ雨は降り続いている。ガレの笑顔を見ながら、何か恐ろしいものがガレから逃げていってくれればいいのにと思う。

シャブリが底を突き、ガレのクレマンも半分ほどになったころ、ガレは部屋の中央に置かれたイーゼルに目をやった。

「もう完成したのか？」

彼は何度も部屋に来ているので、この絵はすでに前から目にしている。

「シュウはまだ不満だっていうの。私は十分いい絵だと思うんだけど」

オルガがダリアの花が咲いたような笑顔で言う。ガレはまた眼をパチパチしながら、部屋の真ん中に置かれたイーゼルに目をやった。

「……僕も、いいと思う。シュウが、オルガを魅力的だって感じてることが、伝わってくる」

ぼそぼそとつぶやくようにそう言った。

それから「モンマルトルのアパルトマンで恋人の絵か。なんだか、古き良き時代、エコール・ド・パリみたいだな」とちょっとうらやましそうにつぶやく。ガレには恋人がいないようだ。

「モディリアニと、恋人のジャンヌみたいな？」

オルガが酔いで頬を赤くし、歌うようにそう言って笑う。モディリアニが好きだと前に聞いたことがある。

モディリアニが写った白黒写真を見ると、まるで俳優のように美しい。彼は貧しいまま一九二〇年、三十五歳で結核で亡くなり、二日後、身重だったジャンヌは彼を追って投身自殺した。

「そう言えばモディリアニって、どの辺に住んでたの？」

「しばらくこの丘《ビュット》を転々としてたけど、最後はアンドレ・アントワーヌ街。それから、モンパルナスに移った。アントワーヌ街には確か、今もアトリエの跡、残ってると思う」とガレが答える。

「私、行ってみたいな」

僕に視線を向け、酔っているせいだろうか、また歌うような、高い青い声で言う。僕はオルガのこんなときの声が好きだ。

「……あの、いつか案内しようか？」

ガレがそう言うと、オルガが誘うように僕を見たので、「僕もアントワーヌ街ってあまり歩いたことないから、頼むよ」と答えた。

ガレもなんだか少し嬉しそうに頷いた。次の週末はオルガのノルマルでの論文執筆が忙しいということだったので、二週間後の土曜日に三人でアントワーヌ街を歩くことにした。

「ところで……」

僕はオルガの絵を見ながら、そう切り出した。

ガレがさっき、この絵を評価するようなことを言ってくれたので、嬉しくなっていた。だから調子に乗って、「この絵、もし君がどこか直してくれるとしたらどうする？」と聞いた。

「……いや、これは君の絵だから」

「だけど、何か、オルガをきちんと表現できてない気がする。何かほんのちょっとの違いのようなんだけど。君みたいなボザールの学生だったら、どうするだろうって」

酔いのせいだけでなくて、絵が思うようにならないことに少しあせりのようなものもあった。嫌がる様子のガレに、「ちょっとだけでも、アドバイスしてくれると嬉しいんだけど」とたたみかけた。絶対に絵を見せてくれないガレのセンスを、確かめてみたい気もあった。

ガレは戸惑うようにオルガを見た。オルガは少し肩をすくめて笑ってみせる。絵を描く人間ならほとんど誰でもそうだが、普通、人の絵に手を入れることにはかなり遠慮する。しかしガレも、かなり酔っていたのだろう。

「僕なら……」と小さく口ずさみ、ペインナイフを取った。

「ほんとに、……手を入れていいのか?」

僕が首を縦に振った。

「提出日はあさってなんで、気に入らなければ上塗りするから、好きにやっていい」

ガレはパレットに残っていたシルバーホワイトに、ナイフでほんの少しブラックをまぜて、薄いグレーを作った。

「……僕なら」と言いながら、ペイントナイフを使って無造作に、その薄いグレーでオルガの瞳を塗りつぶしたのだった。

モディリアニの描く女性の肖像画を思い出してもらえればいいと思う。瞳のない、灰色だけの女性の目。

——そして。

瞳が消された瞬間、そこには僕が描きたかったオルガが立ち現れた。

青いリラの花畑に立つオルガ。

自分と人生への自信に満ち、華やかに笑う若い女性。

けれどその瞳のない灰色の目は、茫漠《ぼうばく》とした不安や怖れ、哀しみのようなものをはるかな内奥に抱えていることを示している。

強い風が吹き、開け放たれた窓から小さな雨粒が吹き込んできた。

ガレがかすかな声をあげ、出窓の傍へ駆け寄った。

急いで窓を閉めようとしたが、力が弱く窓が動かない。

いつかのように僕を呼んだ。でも僕は絵に縛られたように動けなかった。

「シュウ……」

自分が求めて得られなかったオルガの表情。

ガレは、ペイントナイフのほんのひとさばきでそれを生み出した。

何かを恐れるようにオルガを見た。オルガは息を呑んだように、やはりキャンバスに見入っていた。僕の視線に気づくと、急に表情を緩めて微笑んだ。まるで何も感じていなかったように。

「シュウ……」

ガレがもう一度、窓を押さえたまま、助けを叫ぶように僕を呼んだ。顔に吹きつける雨粒が、まるで自分から命を奪う物質であるかのようだ。

僕はあわててガレに走り寄り、一緒に窓を閉めた。

大きな音と一緒に出窓は閉まり、ガレは安心したように大きな息をついた。雨粒を浴びたリラのドライフラワーが、怯えたようにびくんと震えた。

♪

「この絵には、いい意味でのドラマがあるわ」

美術予備校のアトリエで、ジジが二十人ほどの予備校生を前に、僕の絵の解説を始めた。

「どこまでも続く青いリラの花畑に立っている少女。美しくて、若さや力にあふれている。――でもそれだけじゃない。一方で少女の内面には、何かを怖がるような感覚があることを感じさせて、それが描写の深みにつながっている」

いつものオレンジ色のセルのメガネにオレンジ色のセーター。やせて胸がほとんどないので、十代の少女のようにも見える。

オルガの絵は、美術予備校の生徒たちにも好評だった。ゲイのチャールズでさえ、「女性がすごくセクシーだ。僕でも欲情するくらい」と冗談を言ってみんなを笑わせた。

僕は複雑だった。

ガレがペイントナイフでひと筆入れた瞬間、絵が変わった。それはかなり僕を打ちのめした。自分が一生懸命に努力してもたどり着けないラインに、別の人間ははじめから悠々と達しているのかもしれないと思わされた。

あの日、ガレとオルガが帰ってから、僕はガレが塗ったグレーをペイントナイフで抉り取った。油絵の具なのでまだ乾いていなくて、すぐに下からオルガの瞳が現れた。さっきのまま予備校に提出するわけにはいかないからだった。だって、あれではガレの作品だ。

この絵においては目がポイントなのだともうわかっていた。僕は何度か、輪郭や瞳の色を変えてみた。

間もなく夜明け近くになった。

疲れ果てて、絵筆を持ったまま何度か眠ってしまった。それでもオルガの目を描き続けた。油絵の具なので混じると発色が衰える。そんなときはベンゼンを含んだ布で全部をぬぐい去り、また色を置いた。

　何度か描きなおしたあと、眼尻に涙にも見えるような陰影を入れたとき、ようやくガレの描いたオルガに近いものになった。

　そのオルガの目は、生きていることに怯えている人間の眼だった。

　リラの森に立ち、これからの、あるいはこれまでの何かの物語に怯えている少女。自信に満ちていたはずの少女が、目の描き方を変えただけで、まったく別の人生を生きるようになった。

　僕はガレに学び、そしてガレに届かなかった。

　それでも僕の絵は評価された。ジジにも、他の生徒にも。

　ガレに描かれる前、自分で色を置いた段階のオルガが、いかに表層的だったか。それを考えるとき、自分の才能に対する恐れのような原色の不安が立ち上る。

　——あなたたちは知らない。

　そう大きな声で言いたくなる。ここで描いた女性は、もっとはるかに魅力的であり、もっとはるかに、理解されることを拒む人なのだと。

僕はそれを描き切れてはいないのだと。

どうしてオルガの絵は、瞳を消されたとき、そして涙にも見える描き方をされたとき、実在感が増すのだろう。

僕は彼女のことを本当には知らないのではないか。そんな漠然とした不安が心に広がる。

不意にアトリエが暗くなった。天窓から外光がさんさんと入る造りになっているので、雲がよぎるたびに刻々と明るさが変わる。

ジジは今、セネガルの王族だという予備校生が描いた絵の評価に移っていた。たくさんの人でにぎわっている市場の絵だ。ほとんどが黒人であることをみると地元の光景を描いたものらしい。

「明るい発色の、気持ちの良い絵ね。ただ人物が重なり合っているところだけ思い切って色を濃くするか、あるいはナイフで削って境目に影ができるようにすると、絵全体に動きのようなものが出ると思うわ」

端整《たんせい》な顔をしたセネガルの青年は、黙って何度も頷く。あまりフランス語が得意でないようで、一生懸命にジジの言葉を聞き取ろうとしている。

ジジの指示はいつも的確なので、彼女のクラスはいつも出席率がいい。才能があるだけでなく、教師としても優れた人だと思う。

ジジは話しながらアトリエをぐるぐる歩くクセがある。僕の脇を通り過ぎる時、さりげなく黄色い付箋を僕のパレットに張った。あらかじめ、用意していたらしい。

「五時に、『Le Progrés《ル プログレ》』にこれる？ 大塚さんも一緒」と書かれていた。

ル・プログレは予備校から歩いて七、八分のところのビストロだ。でも、いきなり何だろう。そして大塚さんも一緒というのは、どういうことなのだろう。

驚いて見上げると、ジジは軽く（大丈夫？）というふうに首をかしげる。

「Oui《ウィ》」と小さく答えた僕に、なんだか困ったような笑顔のまま無言で背中を見せた。

大塚さんは珍しくこの日は休んでいたので、彼に理由を聞くこともできなかった。

ル・プログレはイヴォンヌ・ル・タック通りとトロワ・フレール通りの角にある庶民的な店だ。白い石造りの五階建ての建物の一階部分の外壁だけが、鮮やかな明るいベージュに塗られ、華やかさを演出している。

いったん部屋に画材を置いてから店に向かったので十分ほど遅れた。ジジと大塚さんが、窓際の四人掛けのテーブルに向かい合って座っていた。

大塚さんの前には「ピエトラマロン」というフランスビールが置かれ、半分ほどがなくなっている。ジジはウインナコーヒーを飲んでいた。

「すいません、遅れました」

そう言うと、大塚さんはテディベアが泣きだしそうになったような顔で僕を見る。ジジは困ったような笑顔を再び見せた。

とりあえず大塚さんの隣に座ると、「すまんのお」と大塚さんは本当にすまなそうに言ったが、何がすまないのかがよくわからない。

「あのね」

ジジが説明を始めた。

「大塚さんから、何度も食事の誘いをいただいてたの。でもね、先生と生徒が一対一で会うのはよくないからって、お断りしてた。でも、さっき授業の前に予備校に電話があって、『今日、ル・プログレでお待ちしてます。一度だけでもいいですから』と言われたの。ずっとお断りするの悪いから、『誰かもう一人いるのならいいわよ』と答えてた。大塚さんが『そしたらシュウに声かけてみてください』って言うから」

大塚さんは再び「すまんのお」と僕に言う。

だいたい、事情はわかった。クリュニーの美術館でやんわりと拒絶されたにもかかわらず、大塚さんはジジがやはり好きでたまらない。それで、何度も彼女に声をかけている。

ジジとしては根負けする形になったが、大塚さんの気持ちがわかっているだけに、二人で会うのは避けたというところなのだろう。

ずっと以前にル・コンシュラというビストロで大塚さんから「ジジさん誘うて

や」と言われたが、なんとなくジジにその気がないことがわかっていたので僕は実行していなかった。その点で少し罪悪感を持っていたが、ちょっとどうすることもできない。

　店内は大きな窓から日差しが差し込み、ガラス越しにモンマルトルの夕暮れのにぎわいが見える。真っ赤な自転車に、高校生らしい男子生徒が後部に金髪の女子を乗せて笑いながらすごいスピードで走って行くのが見えた。

　そこでちょっと気まずい沈黙が訪れた。

　大塚さんは、もじもじとしていたが、「これ、プレゼントですわ」と言いながら、椅子の脇に置いていた大きな紙袋を差し出す。

「プレゼント？　何で？」

　ジジが困惑したような笑顔を見せる。

「ほら、……お子さんが生まれるから」

　ジジはおそるおそる、という様子でテープで閉じていた紙袋の口を開いた。中には、虹の七色にきれいに塗られたトースターが入っていた。水色をベースに、赤や青、黄色、緑の鮮やかなラインが引かれている。明らかに大量製造の製品ではなく、既存の商品を手作りでカスタマイズしたものだ。

「なんでトースター？」とジジが聞く。

「いや、お子さん生まれたら、毎朝、パン焼くやろな、と思うて」

大塚さんは引き続き緊張した様子で答える。でも僕はわかっている。大塚さんは、ジジに何か心をこめた贈り物をしたかった。だから既存のトースターを買ってきて、予備校を休んで塗料で自分なりの作品を作ったのだ。

ジジの横顔を見ると、じっとトースターを見つめている。大塚さんが自分で色を塗ったものだということはもうわかっているだろう。

僕はそこで何も注文していなかったのに気づき、クリスカというウォッカビールを頼んだ。少しウォッカとオレンジを混ぜたもので、フランスでは結構よく飲まれている。

妊娠しているジジがアルコールを飲めない中で男二人だけ飲むのは悪い気がするが、飲まないとこんな気を張る席に居続けられない。

「ありがとう。でも、生徒からこんなプレゼントはもらえないわ」

ジジはきっぱりと言った。オレンジのセルの丸眼鏡の中の目に、決然とした意志が読み取れる。これは、大塚さん、玉砕だな、と思う。

大塚さんは小さな目をいっぱいに開いて、「何ででっか？　トースターでっせ」と言う。大塚さんのフランス語の発音は、心なしか関西のイントネーションに聞こえる。しかし、「何ででっか？」と聞かれてもジジも困るだろう。

ジジは（どうすればいいの？）とでも言うように、メガネの奥の目をチラチラ僕に向ける。ジジと大塚さんの目はどちらもとても小さくてとても真っ黒だ。結構似ているな、とどうでもいいことを考えてしまう。

「だって、生徒から物をもらうのは美術予備校の規則で禁止されているの」とジジ。本当かどうかわからないが、とりあえず答え方としては無難なものだろう。

「そしたら……」と大塚さんは言いかけて、勢いをつけるようにピエトラマロンを一息で飲んだ。そのまま、小さな目をいっぱいに開いて、「結婚してくれまっか。それやったら、プレゼントしてもおかしないですやろ」と言った。

思わずクリスカを噴きそうになった。

ジジも、ウインナコーヒーを口元に運びかけたまま、動きが停止している。

プロポーズしてしまった。

三人とも、おそらく十秒ほど、口をきかなかったと思う。中年のウエイトレスが食事のオーダーを取りに来たが、大塚さんはジジを見つめたまま、ジジも言葉が出ないままいまだに静止しているので、僕が「いりません」と答えた。

ウエイトレスは（何なの、この人たちの変な雰囲気は）と不機嫌そうな表情でテーブルを離れていく。

店の音楽がそれまでの静かなバイオリンから陽気なシャンソンに変わった。ようやく金縛りが解けたようにジジは、ウインナコーヒーを口につけずにテーブルに戻した。

「結婚って、大塚さん、私のこと、何も知らないでしょう?」

「知ってますがな。二カ月も教室で教えてもろうてるし、クリュニーとかシテ島とか、美術館見学も連れて行ってもらいましたがな。ジジさんがどんな人か、十分わかっとりまんがな」

「だってそれは予備校を通じたことだけで……」

「それでも人柄とか、わかりまんがな。わし、ジジさん、好きでんねん」

「あのね、大塚さん」とジジが静かな声で言う。

「クリュニーで階段を落ちそうになったとき、助けていただいたの、感謝してるわ。それにあなたのこと、いい人だとは思ってる。でもね、それとこういうことは別でしょ」

大塚さんは目をいっぱいに見開いたまま、ジジを見ている。

ジジは「それに私、来年は子供が生まれるし」と続けた。

「そやから、よけいにですがな。子供さんも、親父さんがおったほうがええに決まっとりまんがな。わし、こんなん言うてなんですけど、お金は結構持っとりますねん。ジジさんさえよかったら、日本来てくれたら、なんの不自由もなくて子供さん一緒に育てられますで」

聞いていて、少し感動した。

フランスではもともと婚外子が多いこともあって、ジジ自身には何の迷いもないようだ。

でも大塚さんの価値観では、それはやはり不安定な選択に思えるのだろう。だからこそジジだけではなく、生まれてくる子供も含めてすべてを受け入れようとしている。

当たり前のように情熱をこめてそれを話す大塚さんは、とてつもなく純粋だ。

「大塚さん、私はね」とジジは言う。

「私は、絵を描くために生まれてきたと自分は思ってるの。絵を描くことが今でも一番楽しいし、一番大事なこと。それを仕事にできている自分は、どんなに幸せかって。今のように予備校で仕事をいただきながら、自分でも好きな絵を描くって恵まれた状況、なかなか望んでも得られないわ。もしも絵を描いて生きていくなら、私にとって日本よりもこの場所の方がいいの」

「そしたら……」と大塚さんは、小さな声を出した。

「わし、ずっとフランスにおりますわ。日本に帰らへんで、フランスで、あんたを養いますわ。　土方でもなんでもやりますわ。　そしたらジジさん、　絵、　描けますやろ」

そういう問題じゃないんですよ、と大塚さんに思わず声をかけたくなるが、それをためらわせるような真剣さが大塚さんにある。

隣のテーブルは空いているが、二メートルほど離れた一つ先のテーブルにいた老夫婦らしいカップルが、チラチラとこちらを見ている。おそらく話は聞こえているのだろう。

ジジは、だんだんと困惑、というかいらだちを示し始めていた。

「大塚さん、はっきりいうと、私はあなたのことを生徒としては好きだけれど、男性として意識したことはないの。残念だけど、これからもずっと」

大塚さんは、呆然とそれを聞いた。

そのまま、テディベアのぬいぐるみのような小さな真っ黒な目から、涙が流れ始めた。

おお……、おおぉ……。

そのまま嗚咽が漏れた。呆然とジジを見つめたまま。大塚さんは小さなうめくような声で泣いていた。

「――大塚さん」

ジジが困ったようにそう言い、僕を見た。

今度は僕が「大塚さん」と言いながら肩に軽く手を添えてみたが、大塚さんは呆然とジジを見つめたまま、泣き続けている。涙が頬を伝わり、オレンジ色のテーブルクロスに流れ落ちて、その部分が黒く変わっていく。

「大塚さん」

もう一度、肩をゆさぶってみるが、身じろぎもしない。大塚さんが持ってきた、七色の小さなトースターは、右斜め前のテーブルクロスに置かれたまま、窓からの夕陽を受けている。

たぶん大塚さんがこの日、朝早くから何度も塗り直した作品は、見る者の心を打つことができなかったのだろう。

♪

――希一。


いつか君も、結婚を考えはじめる時期がくるかもしれない。

大塚さんのジジへのプロポーズは父さんが目の当たりにした最初で最後の他人のプロポーズだったから（普通、人前ではやらないからな）、今も鮮明に覚えている。

多くの結婚はそうした熱情で始まるけれど、途中で何か間違っていたことに気づくこともある。

幸い、父さんと母さんはそうではなかった。

父さんはフランスから帰国後、しばらく深い水底にいた。大学にも行けず、抑うつ状態で週に何日か精神科に通院していた。

母さんは通っていた目黒《めぐろ》の総合病院の精神科に新しく赴任してきた看護師だった。ひどくやせた体型とはうらはらに、本当にいつも楽しそうに笑っている人で、母さんが診察室から出てくると、陰鬱な精神科の待合室が、春風が吹いたように明るく感じられた。

精神科では医師も看護師も、不安定な患者の影響を受けて自らもどこか不安定になってしまうことがよく見られる。母さんはそんな雰囲気とは真逆の人で、最初からとてもまぶしく見えたよ。

何度か会話を交わすうちに親しさを増していったが、出会って半年後に交際を申し込んでくれたのは母さんだった。待合室で本を読んでいた父さんに、「相撲を見に連れていってください」と書いたメモを渡したんだ。予約してくれたのは花道のすぐわきの道の座席で、横綱が通ったとき、母さんは父さんの腕を持って、横綱の背をピシピシと叩かせた。

付き合い始めてからしばらくして「なんで相撲だったんだ」と聞いた。母さんは「あなたには、お相撲さんのパワーが必要だと思ったから」ととても真剣な目で答えた。

父さんは帰国してから四年後に母さんと結婚した。長い間子供ができず、あきらめかけていた八年後に君が生まれた。

母さんは父さんの手をしっかりと強く握り、深い水底から救い上げてくれた。そしてモノクロームに変わっていた父さんの人生に再び色を蘇らせ、温かい風やかぐわしい匂いを吹き込んでくれた。それは君が九歳のとき、母さんが突然亡くなってしまうまで続いた。

今、病気になって改めて感じたことなんだが、生きているということはただそれだけでも、神様からごく限られた時間だけ与えられた、かけがえのないプレゼントだ。僕らはだからこそ、それを宝石みたいにきれいなものにしていかなければならない。

本当に好きな人と一緒にいられれば、人生は信じられないほど輝いてくる。母さんが生きていたころのように、この人と自分が一緒にいられて、こんなに幸せでいいのだろうかという日々が、ずっと続くことだってあるんだ。

君もいつか、そんな人と出会ってくれることを、心の底から願っている。

母さんのことについては、君に謝りたいとずっと思っていた。

あの日、水曜日だったが、本来なら僕は非番で家にいてもいいはずだった。でも仕掛中の仕事が気になって結局午後二時ごろ出社した。母さんが脳梗塞で倒れたのはその数時間後のことだ。

小学校三年だった君が帰宅したとき、母さんはマンションの台所で倒れていた。近くに携帯が落ちていて、電話をしようとした形跡があった。でも間に合わなかったのだろう。君は泣きながら一人で救急車を呼び、父さんの携帯へも電話してくれた。父さんは驚いて病院に向かったが、母さんはもう亡くなっていた。

病院の廊下で一人で泣いていた小さかった君のことを思い出すと、今でも申し訳なくて胸がつぶれる。あの日、仕事になど向かわずにずっと家にいれば、おそらく母さんは助かったのではないか。母さんと、君と、父さんと、笑いさざめいていた光のような毎日がまだ続いていたのではないかと。まだ九歳だった君に、死にかけている母親の姿を見せずにすんだのではないかと。

亡くなる数カ月前、母さんが何度か、コップやナイフなど、右手に持っていたものを落としたことがあった。「あれ？　なんだろ」と少し不安そうに笑っていた。もしかすると母さんは、看護師としての知識から、脳梗塞も含めたいくつかの重篤《じゅうとく》な病気の予兆である可能性を考えたのかもしれない。しかし確率的には低いと判断し、まだ続けていた仕事の忙しさから診察を受けなかった可能性がある。父さんに医学的な知識があれば、母さんをとにかく早く診察に行かせて、そうしたら突然の発作も防げたのかもしれない。

父さんの人生は、大きな後悔がいくつもいくつも残るものだった。父さんは本当にどうしようもない人間だった。

♪

モンマルトルの真ん中にあるピガール広場はムーラン・ルージュにも近い世界有数の歓楽街だ。ポルノ本などを売っている店が軒を並べ、ストリップをやっている小屋なども数軒ある。ハンブルクの飾り窓の地域などと雰囲気が似ている。

観光の起点でもあり、肩を並べて歩くオルガとガレの脇を、プチトランと呼ばれる真っ白な巡回列車が汽笛をならして過ぎていく。列車と言っても実際は車で、普通に道路を走る。蒸気機関車をかたどった先頭の車に六人乗りの小さな客車が何列も連結されたものだ。

丘に向かって歩くとすぐに、小さな横丁に出くわす。角に「アンドレ・アントワーヌ街」と「エリゼ・デ・ボザール街」と書かれた二枚の標識が打ちつけてある。今の名前が前者で、昔の名は後者だ。古い標識ははずしてしまえばいいと思うけれど、そうしないのがパリの良さかもしれない。

八月の下旬になっていたが、パリは緯度が高く、僕はそれほど蒸し暑さを感じない。でも暑がりのオルガは歩きながら何度もハンカチで額をぬぐった。今日はからし色に近いベージュの、肩をむきだしにしたタンクトップのワンピースだ。

この路地を入って一本目を左に折れると、前方に石段が見える。素焼きの赤い煙突、亜鉛《あえん》葺《ぶ》きの屋根、濃い緑の雨戸、古い壁と石畳……。いかにもモンマルトルらしい風景だ。

「ここが自由劇場《テアートルリーブル》の発祥の場所なんだ」

ガレが立ち止まり、石段の下の左側の家を指さす。ベージュのレンガ造りの四階建てで、二階部分の壁に大理石の板がはめ込まれ、活躍した役者たちの名前が刻まれている。自由劇場は一八八七年に生まれた写実的演劇のさきがけで、それを創立した劇作家、アンドレ・アントワーヌは、そのまま通りの名前にもなっている。

建物を左に見ながら石段を十メートルほど登ると、左側に入口の上に「39」という文字が書かれた石造りの古い二階建てがある。これがモディリアニの住んでいた家だ。

一九〇六年、イタリアからパリに出てきたモディリアニは最初はパリ中心部のマドレーヌ寺院近くに住み、やがてモンマルトルに移って丘《ビュット》を転々とした。丘での最後の住まいがここで、一九〇九年、セーヌ左岸のモンパルナスに移る。

「入れるの?」とオルガが聞く。

入口の木製の扉は、右半分が開いている。扉の左側の壁に「モディリアニのアトリエ跡」という金属の小さな板が打ちつけられてはいたが、なんだかそっけない。観光地としてメジャーな場所にはなっていないようだ。

「……僕も、入ったことはないけれど」

ガレがぼそぼそとつぶやきながら、恐る恐る、という様子で入口をくぐる。僕らもガレに続いた。

窓が小さいので中は薄暗く、誰もいなかった。かつて居間だったと思える場所には古い木製のテーブルと四脚の椅子が置かれ、天井にそっけない弱い光の白熱灯が一個灯っていた。

少し黄土色がかったしっくいの壁に、二メートル四方くらいの大きさのモディリアニの年表がかけられ、その中には幾つかの代表作の写真も含まれている。

でも、それだけだった。

「何だか、あんまりやる気のない展示ね」

オルガが拍子抜けしたように言う。

せっかくのモディリアニの住居跡なのに、と少しもったいない気もするが、表通りからかなり奥まった場所なので、観光地化するのは難しいのかもしれない。最後の日々を妻のジャンヌとともに暮らしたモンパルナスの住居の方が、観光客の関心が高いということもあるのだろう。

やはり木製のドアで仕切られた隣の部屋も覗いてみたが、そちらは展示物も家具さえもおかれておらず、僕らはすぐに居間に戻った。

「座ろう……、少し疲れた」

ガレが言い、僕らは木製の椅子に腰を下ろした。窓が開いていて風が入るのと、しっくいの内壁に熱の遮断効果があるのか、中は少しひんやりと感じるほどだ。

少し奇妙な感覚だった。

外界から遮断されたような暗い土壁の部屋。バカンスのシーズンで地元の人間がもともとパリから離れてしまっているうえ、観光客にも知られていない場所なので、窓の外の石段にもほとんど人通りがなく、しんと静まり返っている。

――また、僕は急に現実感を喪失した。

目の前で座っているオルガとガレが、いきなり黒いフィルムで覆われてしまったかのようだった。

目の前に、あの嵐の夜に、オルガとベッドに座っていたとき、不意にガレが入ってきた光景がフラッシュバックした。

ろうそくの光の中で亡霊のように浮かぶガレ。

それを見て、激しく震えたオルガ。いつも自信に満ちている瞳に、ひどい怯えの光が見える。

ガレがかつて言ったように、僕は自分の精神に何か脆弱《ぜいじゃく》なものがあるとは思っていない。でも十代後半から二十代前半にかけて、こうして瞬間に不意に現実感を失うようなことがときどきあった。

歳をとるにつれて消えて行ったあれは、いったい何だったのだろう。

――オルガ、君は昔から、ガレを知っていたの？

ともかく気づいたとき、モディリアニの居間で、僕はオルガにそんな言葉を投げかけていた。

バッグからエビアンのボトルを取り出そうとしていたオルガは、何か信じられない言葉を聞いたように目を見開き、そのまま動きを止めた。あのときと同じ、怯えたような目で。

——あの表情。

僕が描こうとして描けなかった、そしてガレがペイントナイフのひとさばきで描ききった、そんなオルガが一瞬、目の前に立ち現れた。

同時に、僕は自分が発した言葉そのものに驚き、我に返った。

「ごめん。なんだか急に変な気分になって……」

「何よ、急におかしなこと」。オルガはそう言い、僕をにらんで見せた。さっき、瞬間に見えた怯えのようなものは完全に消えていて、あるいはそれは、一瞬だけ不安定になった僕の精神が見せた幻影だったのかもしれない。

ガレは不思議そうな顔で、僕とオルガをちらちらと見た。

「オルガと知り合い？　僕が？　なんでだ？」

ワンテンポ遅れてそう聞き返す表情には、何かを隠そうという意思の片鱗もみられない。

「ごめん。ちょっと貧血のようになって」

そう言い訳する僕に、オルガは「さっきまで日差しがきつかったから」と言いながらハンカチを出し、エビアンをそれに含ませて差し出してくれた。

僕はひんやりしたそれをとじた両目にあて、しばらく押さえていた。すぐに気持ちが落ち着き、息も楽になった。

「ありがとう」。ハンカチを返したとき、オルガはきれいな赤褐色の瞳で、僕の目を覗き込むようにしていた。

「モディリアニはたぶんこの部屋で、毎日石を削っていたんだろうな」

静まりかえったアトリエ跡で、ガレがつぶやくように話す。

「彼は彫刻作品も、結構残したもんな」と僕が答える。

「……残ってるどころじゃないわよ。だってもともと彼は彫刻家になりたかったんでしょ？」

オルガの声に、「そうなの？」と聞き返す。

「あなた、芸術家志望なのに知らないの？」

ちょっとびっくりしたような顔をしている。

「そ、そうだよ。モディリアニはもともと、彫刻をやりにパリに来たんだ」

ガレがしゃがれ声でそんな解説を始める。

モディリアニはもともとイタリア人で、大理石の産地であるトスカーナ州カラーナの生まれだ。彫刻家になろうと決意し、二十一歳でパリに出て来た。

当時、二十世紀初頭のパリは、エジプトなどの原始美術やピカソなどのフォービズム（原色を多用した強烈な色彩と、激しいタッチを見た批評家が、あたかも野獣の檻＝フォーヴ、fauverie＝の中にいるようだ、と評したことから命名された）が全盛だった。

そんな中で彼は毎日、体力の続く限り石を彫った。当時の彼を知る芸術家たち、画家・彫刻家のザッキンも藤田《ふじた》嗣治《つぐはる》も後に、モディリアニは彫刻家だったと言っている。

しかし飛び散る石の粉が少しずつ肺をむしばんでいく。作品は売れず、石を買う金もなくなっていった。残ったのは強い挫折感だ。

やがて破滅的な生活が始まる。奔放とも退廃ともいえる日々が続くなか、数フランを稼ぐためカフェで似顔絵を描くようになった。それが画家としてのモディリアニの始まりだという。

「――だから、カリアティッドなのか」

僕の言葉に、ガレが静かに頷く。

カリアティッドというのは、古代ギリシャ建築の梁《はり》を支える抽象化された女性像の柱だ。モディリアニはカリアティッドの素描《そびょう》や油絵を何点も手がけている。でもそも彫刻を絵にしているわけだから、生きた人間の肖像画に比べると退屈で、僕はそうした作品群が好きになれなかった。

「でも、やっとわかった！　抑制された線や長く伸びた首、灰色の目とか、モデイリアニの肖像画の作風って、カリアティッドそのものだよな」

「そうだよ。彼の作風の原点には、彫刻への崇拝がある」

ガレが自分の解説が役立ったことに嬉しそうに、明るい笑顔を見せた。

普段は老人のようだが、笑顔になると少し顔に光が射すように見える。

彼の症状はあまり好転していないらしくて、やはりときおり人の声やノックの音を聞いてしまうらしい。

雨の日は僕の部屋へ来ることが多い。人といるときはそういう音はきこえないのだそうだ。ときには何もしゃべらずにひたすらクレマンを飲み続け、眠りたい時間でもなかなか帰ってくれないこともあった。

今日も午後四時からは僕らと別れて、普段から通っているアベス広場近くの精神科に寄ることになっている。

僕らの会話を聞いていたオルガが華やかに笑った。

「日本人って不思議ね。フランス人よりもモディリアニが好きって言われているのに、割と基本的なことを知らない」

何も言えず、照れ笑いで返すしかない。でもモディリアニが若い日を過ごしたその部屋で、彼の作風の由来を知ったのは、なんだか不思議な気がした。

少し薄暗い、少し湿った空気のこの部屋。

かつてモディリアニが吸った空気を、自分が呼吸している。気のせいだとわかっているのに、すぐそばに、彼の息使いが感じられるような気さえした。

——自分も、彼のような仕事をしたい。

——ずっと残るような絵を描き、人々に語られ続けるような人生を送りたい。

そんなふうに痛切に思った。

もしかすると、それはオルガと一緒に、なのだろうか。

ふと目をやると、オルガは何か思いにふけるように、壁のモディリアニの年表に目をやっていた。どうしてだか、とても哀しそうな瞳で。年表に添えられた、モノクロームの彼の写真を見ているように思えた。

——そしてガレは、おそらくは自分よりはるかにそうした資質に恵まれているのではないか。

そう思いながら彼に目を移したとき、僕は震えた。

ガレは、一心にオルガを見ていた。オルガの黒い髪と、くっきりと意思的な彼女の横顔を。そのときのガレの老人のような灰色の瞳には、熱情と哀しみが入り混じったような感情に満ちていた。

「モディリアニって、すごくハンサムね。本当に俳優のジェラール・フィリップによく似て――」

オルガがそう言いながら、写真から視線を戻そうとしたときだった。右側に座っていたガレの視線を、オルガはまともに受けた。

――瞬間。

小さな高い声がオルガの喉から漏れ、同時に飛びすさるように席を立った。ガレから反射的に身を離そうとするように。大きな音をたてて、椅子が後ろに倒れた。

♪


「私、ひどいことしちゃったわ、あの人、何も悪くないのに」

オルガは濃い赤色のブラジャーとショーツだけをつけ、僕のベッドで横たわったまま小さく言った。

彼女はセックスの後、すぐにこうして下着だけは身につけるクセがある。そうしないと「なんとなく不安」なのだそうだ。

三人でモディリアニの住居跡を訪れた日から一週間後、土曜日の夜だった。

僕はベッドの脇の椅子に座り、彼女がいつものようにプレゼントしてくれたシャブリを飲んでいる。考えなければならないことが、たくさんあるような気がした。

「もう、君といるときは、ガレを呼ぶのはやめるよ」

グラスから唇を離してそう言った。今日は雨ではないが、ドアにはしっかりとカギをかけている。

「ううん？　私は大丈夫。もう、あんなに取り乱したりしない」

オルガは上半身を起して、はっきりと僕を見た。

「僕も……、彼がどんな視線で君を見ていたか気づいた。君のことを好きになっている可能性が高いと思う」

オルガは視線を落とした。

「確かに私もそれは感じた。でも、私があんなふうに混乱したのは、そのせいじゃない。だからあなたが彼を遠ざけたら、可哀そうだわ」

問いかけるような僕の目に、オルガの瞳がゆらゆら揺れた。やがて、何かを決めたように、いつもの意思的な視線に戻った。

「私が母さんを殺してしまった話、聞いて欲しいの。それは、ガレに対する私の態度にも関係するものだから」

——母さんを殺した？

「もちろん、本当に殺したわけじゃない。でも、私の中では同じことなの」

オルガは下着姿のまま立ち上がり、冷蔵庫からシャブリを取り出してグラスに注いだ。

ウエストが極端にくびれた褐色の野生動物のような肢体が、ベッドサイドの白熱灯を受けて光と影に浮かんでいる。

オルガは立ったまま、しばらくそのゴールドの美しい液体を眺めてから、一挙に半分くらいを飲みほした。喉が、液体の移動に合わせて美しく何度も上下する。母親は数年前に亡くなった。確かオルガからはそう聞いている。

――八歳の夏、母親のストーカーだった人に一晩連れまわされたことがあるの。オルガが高くかすれた、青いリラのような声で語り始めた。

「母さんはアデールという名前。アルジェ系である父さん似の私とは全然違う顔立ち。ソフィー・マルソーにちょっと似た美人で、とても優しい人だったわ。

若い時代、パリ第八大学で心理学を勉強していて、第六大学で医学生だった父さんと恋をして結婚したの、やがて父さんの出身地であるシャモニでずっと暮らすことになったわ」

　シャモニはフランスの南東部、ヨーロッパアルプスのふもとにある美しい街だ。

「……これは全部、大きくなってから聞いた話なんだけど、第八大学にいたころ、母さんには悩みがあった。ユーリという名前の第八大学の同級生から何度も交際を求められていたの。早い時期からもう父さんと付き合っていたので、それを話して断っても、アパルトマンに迎えに来られたり手紙を出し続けられたりしていたんですって。

　ユーリって人は背が高くて、端整な顔立ちだった。成績も優秀で、卒業後は大学に残ってそのまま研究者になると見られていたらしいわ。だけど、母さんはなんだか神経質そうな彼の雰囲気が苦手で、敬遠していたらしいの。

　卒業後に父さんと結婚、二十七歳で私を生んだ後も、なおもしばらくはユーリから求愛の電話などがあったみたい。なんだかすごい執念でしょ？　でも母さんが毅然とした態度を続けたので、しだいに連絡が途絶えたの」

　オルガの父親は、シャモニでやはり医師であったオルガの祖父の医院を継いでいた。ユーリがシャモニに姿を現したのは、母親が三十五歳、オルガが八歳のときだった。

「連絡がなくなってから五、六年たってたんだろ？　しかもシャモニに？」

オルガが頷く。彼女はシーツを体に巻き、ベッドの背もたれに寄りかかるようにして話を続けている。

ベッドの上には開け放たれた出窓があり、リラの青いドライフラワーが風に揺れている。

「ユーリはどうしてだか、大学での仕事に行き詰まって、解雇されていたわ。アルコール中毒になって、言葉ももつれていた。そんな状態で、どうやって捜し当てたのか、シャモニの医院に現れたの。

母はその日、たまたまパリの実家に帰っていて留守だった。父はユーリの話を聞いていたから、けんもほろろに追い返したらしいわ。母が実家に帰っていることさえ言わずに、君には関係ないって。

ユーリはそのまま、家の近くで母を見張っていたらしいの。そこへ帰ってきたのが八歳の私だった。私に話しかけ、娘であることがわかったら、『母さんが急にパリに行くことになって、そこでけがをした。父さんは先に行って、僕が君を連れていくことになってる』と言われたの。ユーリがパリって言ったのは単なる偶然の思い付きだったんだけれど、私は母さんがパリに帰っているのを知っていたので、本当だと思いこんでしまった。それで車に乗せられた。

本当にきれいな顔の男の人だったわ。今考えると、それこそジェラール・フィリップにそっくりだった。今でもあれほどきれいな顔の男の人、見たことがないかもしれない。

シャモニを離れて、何時間か走ったわ。着いたのはアヌシーという古い街。私、『ここはパリじゃない』って言ったんだけど、『一日じゃパリに着けないからいったんここで休む』って言われて、古いホテルにチェックインさせられた」

オルガは言葉を区切り、力のない風を僕らに寄せてくれている古い黒い扇風機に目をやった。老人のようで、見ているだけで少し物哀しくなる扇風機だった。

なんだかガレに似ている。

「その夜、ご飯を食べたあと、ユーリはホテルの玄関わきの電話ボックスで長い電話をしていた。

ユーリは目を泣きはらしたような顔で戻ってきて、私を部屋に連れていった。そのままベッドに寝かされて、服を全部脱がされたわ。そのときになると、自分が騙されたことがわかった。泣き出したけど、手で口を押さえられて、声を出したら殺すって言われた。

部屋の明かりを消して、ベッドのスタンドだけをつけて、ユーリはずっと私の裸体を見ていた。何時間も、何時間も。トイレに行きたいときは行かせてもらえたけど、その後もずっと。口の中で、アデール、アデールって、母さんの名前を呼びながら」

僕はその異様な話に、何も口をはさめないでいた。それからオルガがどうなったのか、聞くことが恐ろしかった。しかしオルガはかすれた高い声で、歌うように話し続けた。

「ずいぶん時間がたって、私は泣きながら眠ってしまった。でも、何か体に冷たいものが当たって、眼を覚ましたの。

ベッドのスタンドは消えていた。いつの間にかホテルの窓の外に大きな月が出ていて、私の体と、そしてユーリを青く照らしていた。ユーリは冷たいタオルを絞って、私の体を拭き始めていたの。のどのあたりから胸、お腹、ふとももから足の先まで、全身を、ゆっくりと何度も。どうしてそんなことをしていたのか、今でもわからない。

ユーリは泣いていたわ。泣きながら、アデール、アデールって母さんの名前を呼んで、私を見た。すごくきれいだった母さんと、父さんと同じ顔のアルジェ系の私は、ちっとも似ていないのに。

そのときのユーリの眼が、忘れられない。きれいな青色なのに、なんだか、ほら穴みたいに空っぽだった。

まるで、生きている人の目じゃなかった。月光にぼんやりと照らされて、ユーリ全体が、なんだか、燃え尽きる前の小さな青い炎のゆらめきみたいだった。

――私、前の雨と雷の夜、ガレがろうそくの明かりの中で立ち尽くしていたとき、記憶の底に封じ込めていたユーリを思い出したの。姿や形もまるっきり違うのに、あのときのガレはまるでユーリだった。

自分の存在そのものに怯えているような、そんな哀しさ。途端に、全身ががたがた震えだしたのを覚えているわ」

ふと気付くと、出窓の外にもまばゆい大きな月が見えた。右側だけが明るい上弦の月だった。

僕らもまた、月明かりの中で、ゆらめいていた。

「夜明けの五時ごろ、警察が部屋に入ってきた。ユーリは捕まったわ。シャモニで私がユーリの車に乗せられたのを見てくれていた人がいて、近くの都市まで手配が進んでいたの。ユーリは捕まって、それからしばらくして、刑務所に併設された病院で死んだって聞いたわ。何か病気だったらしいけど、詳しくは知らない」

「モディリアニのアトリエで見たガレの視線も？」

オルガは僕の目を見て、ゆっくり頷いた。

「似ていた気がしたの。母さんの名前を呼びながら私を見ていたユーリの目に」

「――母さんを殺したっていうのは？」

オルガは、シーツを体に巻きつけたまま、両膝を立て、顔を膝に埋めた。そのまましばらくじっとしていた。それから、ゆっくりしゃべりだした。

「家に連れ戻されてから、母さんは私にいろいろなことを聞いた。私は、裸にされて、あと、布で体を拭かれたって正直に言った。母さんは何度もそれだけか、って聞いて、私がうん、と答えたら泣きだした。安心したのか、それとも辛かったのかよくわからなかった。

警察は私のことを心配して事件を徹底的に伏せてくれたけれど、一部では私が男性に誘拐されたらしいという噂もたったわ。でもそれは本当か嘘かわからないくらいのもので、街で生きづらくなったというまでのことではなかったと思う。

でも、母さんは、だんだん自分自身を、ものすごく責めるようになったの。自分のせいで、娘が、汚されたって。

そして私自身も、時間がたって、十代の前半になるころには、自分がいかに屈辱的なことをされたのか、わかるようになっていた。それと、母さんとあのユーリという男のことを、疑い始めていたの。

だって、ずっと拒否し続けていたんだったら、いくらなんでも何年も後にシャモニまで追いかけてくるだろうかって。本当は母さんとユーリの間には、何かあったんじゃなかったかって。それなら、父さんへの裏切りじゃないかって」

雲が通ったのか、少し月光が揺らいだ。

そして再び明るくなった。僕は出窓を見た。リラのドライフラワーの向こうに、サクレ・クールの丸い塔が月に明るく照らされている。

「きっと、本当に何もなかったんだと思う。でも、あんなにもきれいだったユーリの顔を思い出すたびに、ほら穴みたいだった目を思い出すたびに、心がぐらぐら揺れたわ。

だからときどき、私は母さんに冷たくした。あんなに優しかった母さんに。父さんと母さんの間にも、薄い膜が張ったみたいだった。

昔の母さんは、きれいで、優しくて、完璧な女性だった。でも事件の後は、急に老けこんで、落ち込みがちで、すぐに泣く人になった。私の帰りが少しでも遅れると、ヒステリーのようになって周りを捜しまわったり、私を怒鳴ったりした。私はそんな母さんがいる家そのものが嫌になって、十三歳のときに無理やり父に頼みこんで、寄宿学校に入れてもらったの。母さんを置き去りにして、家を出てしまったのよ」

オルガはふたたび、立てた両膝に顔を埋めた。体に巻いたシーツに、黒髪がさらさらと流れ落ちる。

僕はオルガの横に座った。すっかり生温かくなったシャブリだが、グラスをオルガに差し出した。

オルガは少し顔をあげてそれを見たが、ゆっくり首を横に振った。

「母さんが事故で亡くなったのは私が十六歳のとき。体調を崩して、二週間に一度、リヨンの病院に通うようになっていた。そのときに使っていたバスが、山道で路肩が崩れて転落して、乗っていた八人のうち三人が亡くなった。母さんもその一人だったの。

——母さんは何も悪くなかった。悪くなかったのに、私は母さんから離れた。そうしなかったら、たぶん母さんは病気にはならなかった。そして、——亡くなりもしなかった」

青いリラのような高くかすれた声でそう言い、顔をあげて、僕を見た。きれいな赤褐色の瞳がゆらゆらと揺れていた。

ガレのペイントナイフのひとさばきで立ち現れた、人間そのものへの怖れ。むき出しの肌で震える子供のオルガ。

「ガレの話を聞いたとき、私は、怖さに向かい合えばいいのに、って言った。私が、ずっとそうできなかったから。忘れようとばかり思っていて、逃げようとばかり思っていて、その繰り返しのうちに母さんは死んでしまって、もう取り返しがつかない」

オルガは月光を浴びて僕を見ている。いつの間にかシーツが流れ落ち、薄い褐色の肌が月の光に映えている。

オルガはとても哀しそうなのに、涙は流していなかった。もう、母親のことについては涙をすべて流し終えてしまったのだ。哀しくてももはや泣けないくらいに。

僕はオルガに近づき、キスしようとした。

ほかにどうしていいのかわからなかった。

でもオルガはそっと唇をよけ、そのまま僕の肩に顔をうずめた。

——しばらくこうさせていて。

震えるような小さな声でそう頼んだ。

♪

九月に入り、僕は焦り始めていた。ボザールの試験までもう二カ月を切っている。

デッサンも油絵も、自信を持てる仕上がりと、絶望で泣きたくなるような失敗作が交互に現れる毎日だった。

日本で芸大を受けたときとは違い、僕は自分なりにボザールのレベルを情報収集し、それに自分を近づけていっていたはずだった。

でも、いつか気持ちに揺らぎが生じていた。

ボザールの展示会でいくつもの圧倒されるような作品を見たこと、ガレのさりげないひと塗りで絵が劇的に変わったこと……。そうした経験が、自分の才能や、今までの作品作りに対する疑問を大きくさせていた。

「シュウ、スタイルがなんだか変わったわ」

天井からの光があふれるアトリエで、ジジが僕のイーゼルの真横に立って小さな声を出した。

「対象をしっかりと見て、それをできるだけ誠実に表そうとしているわね。きれいな華やかな笑顔なのに、どうしてだかすごく奥深く見えるわ」

描き始めていたのはもう一枚のオルガの絵だ。明るいベージュにカーキの格子柄が入ったタンクトップのワンピース。出窓の横で椅子に腰かけ、花が咲いたようにこちらに笑いかけている。窓の外には青空と、サクレ・クール教会のまばゆく白い尖塔が見え、その横ではリラのドライフラワーが揺れている。

オルガの話を聞いて、僕は思った。

怖ろしいものなんか、見つめなくていい、と。

君の母さんを追いつめたのは、君が怖ろしいものから目をそらしたからじゃない。むしろ君の母さんが、それを見つめすぎてしまったせいなんだと。

そして僕も、笑顔の君を描く。

能力と自信にあふれた、満開の赤褐色のダリアのような華やかな君を。

それが、本当の君だから。

背景を僕の部屋のままにしたのも、これまでとは違っていた。たぶんジジが言う「新しい世界を作り出す」というのは、あえて現実とは違うものを描こうとすることではないのだろうと、そう思うようになったのだった。

全霊で向き合い、描きたいものを本気で描きさえすれば、そのすべてが僕というフィルターを通した新しい世界の成立なのではないかと。あえて意外感のある素材をそこにつけたすことは、もしかすると自分の心への冒瀆のようなことなのかもしれないと。

それにむしろ下手なことをすれば、構想力や技法ではるかに上回るボザールの学生たちに勝てはしない。それは、「拭き取り」という技法を効果的に使うことで画面の中で時が揺らいでいるかのようにさえ見えた、ジジの絵で思い知った。

――空は単なる背景ではない。僕は空から描き始める。

それはいつか、ジジに聞かされたシスレーの言葉だ。シスレーはきっと、光に満ちた空が好きだったのだ。空がいつも通常より広い面積なのは、見る者への何か特別な効果を狙ったのではなくて、ただきれいな空を描きたかったからなのではないだろうか。

そして僕は、なんの怖れもないオルガの笑顔を描き切りたい。

「このままうまくいけば、ボザールの編入試験の事前提出作品にできるかもしれないよ」

ジジが体をかがめ、耳のそばで小声でそうささやいてくれた。

オレンジのセルフレームの奥の小さな目がほほ笑んでいる。いまだにがりがりにやせているが、おなかは心なしか膨らんできたように見える。しかし出産予定日の二カ月前である十二月までは、ここの講師を務めてくれることになっていた。

大塚さんは、以前にジジにきっぱりと断られてから、少し物静かになった。でもさすがに三十八歳の大人だけあって、態度はジジにも僕にもまったく変わらず、人のよさそうなテディベアのような笑顔でいろいろなことを話しかけてくる。

「休みの日、家具の色塗りをやっとるんですわ」

この間ジジとチャールズたちも交えて七、八人で食事をしたときは、そんなことを言っていた。

「冷蔵庫や電子レンジ、本棚などを、きれいな虹の色で塗っとるんですわ。いや、全部虹色にしたら色きちがいみたいな部屋になるんで、それぞれ部分的に、ワンポイントだけですけどな」と言って、みんなを笑わせた。

ジジにプレゼントしようとトースターをきれいな虹色に塗って以来、「虹のペイント」に目覚めたらしい。ジジは笑いながら、ちょっと複雑そうな表情でそれを聞いていた。

気になっていたのは、オルガと会える機会が少しずつ減っていることだった。夏までは二、三日に一度はかならず一緒に過ごしていたのに、ノルマルでの勉強量が増加していることに加えて、アルジェ系移民の生活改善のボランティアも始めたということで、間隔が少しずつ長くなっていった。勉強があるからと言われた日、電話をしてもずっと呼び出し音だけのこともあった。

オルガは女子学生だけのアパルトマンにすんでいるので、僕は入ることができない。オルガに来てもらうしかないのだけれど、もしかするとガレの存在が、オルガにとってためらいの原因になっているのだろうか。

ガレは一緒にモディリアニの住居跡を訪れて以降、僕の部屋に来なくなった。オルガの反応についてやはり傷ついたのだろうし、オルガを見る目にこめられた思いに僕らが気づいたことを、彼自身が感じてしまったのだろう。

ほんの数度しか会っていないオルガにガレが強い思いを寄せたことはやはり驚きであり戸惑いが大きい。でもそういうことは幾らでもあることで、ガレを責めるような気持ちにはやはりなれない。それよりも、精神的に不安定さを増していた彼が、このことでさらに追い詰められはしないかということが気がかりだった。

九月の半ば、雨の降る木曜日の昼下がりだった。予備校は玄関部分の補修が必要とかで三日間休校となっていて、僕は部屋で、ボザールの編入試験に提出するための静物画の上塗りを続けていた。瓶とレモンを椅子の上に置いたシンプルな構図だ。十月の初旬までに編入試験申請と同時に、作品を五点提出することになっていて、これが本番の実技試験とともに合否の材料にもなる。

僕は人物画を二点、風景画と静物画を一点ずつ、そしてデッサンを一点という構成に決めていたが、オルガの絵も含めて、どれも未完成だ。

雨脚が強まり、窓ガラスの雨音がバチバチと聞こえるほどになったころ、僕は絵筆を止めた。特に目を引くようなものはないかもしれないが、落ち着いたいい絵になりそうな気がしている。

——こんな雨の日、ガレはどうしているんだろう。

まるで初老の男性を思わせるようなガレの疲れた表情が目に浮かんだ。続いて、初夏のころ、僕の部屋に来てはクレマン・ダルザスを飲み、楽しそうにしていたガレ。

僕は立ち上がり、部屋を出て正面のガレの部屋の前に立った。ちょっとだけ深呼吸して、ノックした。

何の返事もなかった。

午後三時過ぎだ。授業があれば、ボザールに行っている時間かもしれない。

でも、念のため、もう一度ノックした。

また返事がなかった。

部屋に戻ろうとした瞬間だった。

――シュウ？

ドアの向こうから、くぐもってかすれたガレの声がした。

「ああ。久しぶりだから、どうしてるかと思って」

そのまま、少し時間がたった。

「……ありがとう、来てくれて。でも、ごめん。……僕は、人に部屋を見られたくなくて」

ドアは締め切ったままで、声が聞き取りにくい。

「いいんだ。どうしてるかと思っただけだから」

それから、少し迷ってから言った。

「ひまなときがあったら、またクレマン持って、遊びにきてくれ」

長い沈黙があった後、「ありがとう」と、かすかな、消えるような返事があった。

十秒ほどそこにいたが、そのまま声が聞こえなくなった。

僕は引き返して自分の部屋に向かおうとした。すると、廊下の先のらせん階段の上り口に、初老の郵便配達の男性がたっていた。

「シュウイチ・キタガワの部屋は？」

「僕ですが？」

そう答えると、男性はにっこり笑い、水色の封筒を僕に手渡した。宛名に書かれた右上がりの特色のある字体を見たとき、どうしてかすごく不安になった。オルガの字だったからだ。

部屋に入り、ベッドに座った。秋の始まりの少しひんやりした大気が出窓から流れてくる。僕はそこで封筒をあけ、便箋を取り出した。うす青い、リラの花のような便箋だった。

――シュウ、急にこんな手紙を出してごめん。
――あなたとのこと、しばらく一人で考えさせて。

一行目にいきなりそんな言葉があった。それから、その理由と、でも今でも僕を好きな気持ちは残っているという趣旨が、便箋二枚につづられていた。

もう一度、窓に目を向けた。

オルガが持ってきてくれた青いリラのドライフラワーが、身じろぎもせずに僕を見ていた。

♪

「あなたは、怒るかと思ったわ」

オルガはベッドの脇の椅子に座り、僕に静かな視線を向けている。格子柄のべージュのタンクトップのワンピース。僕がそれを着てきてくれと頼んだからだ。

「いいから、笑ってくれ。本当に楽しそうに」

僕はイーゼルの前で筆を動かしながら、オルガに言う。

「無理よ」

そう言ってから、オルガはちょっと黙った。

「……ねぇ、こんなのへん。ちゃんと、話そうよ」

僕は黙って、オルガを見つめた。男性的なほどくっきりとした顎のライン、女性とすれば少し太めの首。突き出た鎖骨と、薄い褐色の肌。ベージュのワンピースを押し上げる、突き出た胸。それに比べて不釣り合いに細いウエスト。まるで昆虫のようなコントラストだ。

オルガは何かを見通そうとするように僕を見ていた。きらきら光る美しい赤褐色の目で。

「……だって、手紙、読んだから。とにかく、笑ってくれってば」

そう言いながら、鎖骨の周囲に色を置いていく。影になったところはわざと強めに描く。

オルガはぎこちなく笑顔を作った後、急に泣き出しそうになった。

――オルガの手紙。

そこには、いったん僕と離れて、いろいろなことを考えたいと書かれていた。

背景には前の恋人の存在があった。

前の恋人はやはりアルジェ系で、パリ第六大学に在学中の医学部生だ。将来の進路を巡って深刻なケンカをして別れてしまったと聞いたことがある。

彼からオルガに「やり直したい」という電話が入ったのは、もう一カ月以上も前、八月の日曜日の朝。ちょうどオルガを呼んでリラ畑に立つ絵の描き直しをした日で、彼女が僕の部屋に来ようとする直前だった。

オルガは彼の申し出をすぐに断り、電話を切ってそのまま僕の部屋に来たのだそうだ。彼とやり直すつもりなどまったくなかったという。

「手紙にはほんの少ししか書かなかったから、自分の口で言うわね」

モデルを続けたまま、オルガが話し始めた。

背後の出窓からは、いつにもまして晴れやかな秋の青空が見えている。イーゼルの横の椅子には、朝から断続的に飲み続けているクレマンのグラスがある。ガレが持ってきてくれなくなったので、自分で何本も買い置きをするようになった。

「前に付き合ってたときも、彼とはもともとケンカが多かった。お互いに、はっきり主張する性格同士だったから。特に考え方が違ったのは、自分たちがアルジェ系であることを、どうとらえるかっていうこと。私はそれにすごくこだわって、フランスでのアルジェ系の人たちが社会的に差別されやすい状況を変えたいと思ってた。将来も、そうしたことに対して発言できる立場になりたいし、そうすることでこの国全体がきっとよりよい形になるって」

僕はときおり頷いたりしながら、絵筆を動かしていく。ワンピースの明るいベージュを表すためにネイプルスイエローを使う。肌の色とのバランスをとるために、カーキの格子柄には、少しグリーンを混ぜて。

「でも彼は、『今さらそんなことにこだわりたくない。自分たちはただ自分たちの道でがんばればいいし、そのうえでできることがあればやればいいだけだ』って。だから第六大学を卒業したら、アメリカに留学するつもりだし、君も一緒に行かないかって誘われた。

私、ショックを受けたの。私がこのままノルマルで研究者になるつもりだってことは、彼に何度も言っていたし、もしかすると卒業したらお互いに結婚するかもしれないって思ってた。なのに突然留学を打ち明けられて、あまりに自分のことしか考えてないって腹が立った。父がシャモニで一人で暮らしていることもあって、私が国外に出てしまうのはちょっと難しい状況だって知っているはずなのにって。それまでもケンカばかりだったし、やっぱりこの人と一緒にやってくのは無理だと思ったの」

絵の中のオルガは右手を膝の上に置いている。指先が硬く感じたので、モーブ、ジョンブリアンに、赤味もちょっと加えて、指の色を調整する。

「――ねえ、聞いてる？」

「聞いてる。大丈夫」

オルガはちょっと疑わしそうににらんでから、話を続ける。

「決定的だったのは、ケンカのときに彼が『君はいつもポジティブにふるまっているけれど、一番底の方にすごく暗い部分がある』って怒鳴ったこと。私、事件や母のことは彼には言ってなかった。人に全部話したのは、シュウ、あなたにだけ。だけど昔から事件と母のことが自分に影響を与えていることはわかっていて、ひどい心の重しになってた。その一番きついところを『暗い部分がある』なんてののしられたことで、本当にもう駄目だと思った。——考えてみると、何も言っていなかったのだから、わからなくたって仕方がないのだけれど」

——事件や母のことを話したのはシュウだけ。

その言葉は嬉しかった。自分も、オルガにとって、ある意味で特別な存在になれたのは確かなことだったのだ。

「でも彼なりに、それからいろんなことを考えたみたいだった。やり直したいって電話をしてきたとき『留学はやめた』って言った。第六大学でこのまま大学院に行くって。私、冷たく『自分の進路をくるくる変えない方がいいよ』って言って電話を切った。この人とやり直すことなんてできないって思ったから」

むき出しの肩から続く、二の腕の部分の色を直していく。背景の出窓のリラの青色とかすかに同調させられるよう、腕に影ができた部分にも少し青を入れ、筆でぼかす。さらに柔らかい布でこすって、青を薄くしてなじませる。

僕は三分の二ほど入っていたクレマンのグラスを一気に空けた。酔いで少し頭がぼんやりとしてきている。

ふと、そのままリラのドライフラワーを見た。もう十月だ。パリに来て、そしてオルガと付き合い始めて四カ月あまり。とても長かったようにも、そして短かったようにも思える。

「……彼、九月になって、私が前からボランティアをしているアルジェ系移民の生活支援の会に参加してきたの。生活が苦しくて家計を助けるために働いている子も多いから、日曜日にそういった子供に勉強を教えたりするんだけど、彼、一生懸命にやって、すぐに子供にも懐かれた。なんか、本当に変わろうとしてるんだなって思った。……それで、二週間前、ボランティアの帰りに、いきなりプロポーズされたの。『すぐにとは言わない。じっくり考えて、もし君が許してくれるんだったら、お互いが大学院に入った段階で、結婚してくれ』って。……私、びっくりした。あんなに自分本位だった人が留学までやめてそう言ってくれるのは、本当に私を愛してくれているんだって」

オルガはそう言って僕を見た。美しい野生動物のような、赤褐色の瞳。

僕はそのまま絵筆を動かす。

叫び出しそうになりながら。

——やっぱり、僕のように、こんな何もない予備校生じゃ駄目だったんだな、と。

「……私、まだわからない。彼と本当にやっていけるのか。例えば、事件や母のことを話したとき、どんな風に反応するのか。またいつかみたいに、ケンカが繰り返されるようになるのか。結局は駄目になるかもしれない。でもとにかく、今はあなたとも離れて、彼とも付き合わずに、一人で考えたいの。自分がどうしたいのか」

——僕は。

そう叫びたかった。

——僕は、君が思いっきり笑った顔を描こうとした。その絵を見るたびに、これが本当の自分だって、君が思えるように。

——僕だって、一生懸命に君のことを思っていた。

「シュウ」

オルガがまた何かを言おうとした。

そのときだった。

——ドン、ドンと大きな音がした。

それから、若い女性の声。

「ガレ、——ガレ、いるの?」

ドアの向こうで聞こえている。

また、ドン、ドンと大きな音。
僕とオルガは思わず顔を見合わせ、廊下に出た。
小柄な若い女の子がガレの部屋の前に立っていて、ドアを叩き続けている。
どこかで見た気がした。かわいい顔立ちだが、とてもニキビが多い。
ボザールの展示会に行ったとき、階段ですれ違いざま、からかうようにガレに
「こんにちは！ grand-père《グランペ》（おじいさん）」と声をかけた女の子だ。ガレは確か
「やあ、リュシー」と呼び返していた。リュシーというのはそのころパリで人気
のあった流行歌手と同じ名前なので、なんとなく覚えていた。
「どうしたの？」
振り向いたリュシーは、顔じゅうに不安な色を湛えていた。
「ガレがずっと学校に来なくて。……今日の朝、電話してみたら、電話を取った
まま、ずっと黙ってるの。ガレ、ガレって何度も呼んでも、そのまま。でも電話
は切られなくて、ずっとそのまま。私、どうしたらいいかって」
オルガと顔を見合わせた。

そのまま、僕もドアを叩いた。

「シュウだよ。ガレ、いるのか」

返事がない。

また、いっそう強くノックした。

やはり返事がなかった。

オルガが、ドアに耳をつけた。

「いるわ。ほんのかすかにだけど、音楽が聞こえる」

――ガレ、ガレ。

引き続き、何の反応もなかった。リュシーは泣きそうな顔で僕とオルガを交互に見ている。大家に連絡して合いカギを借りたかったが、このアパルトマンは部屋ごとに所有者が違っていて、ガレの大家の連絡先などわからない。

ガレのしゃがれた声が思い出された。

……ときどき、頭の中で声がする。お前はだめだ、死んでしまえ、って。

なんだか、嫌な予感がした。

「ドアを壊してしまおう」

そう言って僕は、少し後ろまでいったん下がってから、勢いをつけて木製のドアのカギ穴の近くを思い切り靴の底で蹴った。

みしり、と音がした。意外に頑丈だが、何度かやれば壊すことはできそうだった。

もう一度、下がって勢いをつけてから蹴った。めき、と明らかにカギの近くの木材が曲がってきた。

三度目を蹴ろうとした瞬間、突然ドアが向こう側に開いた。飲み続けたクレマンの酔いで、もともと足元が少し不安定だ。足が空を切り、そのまま半開きになった入口に尻もちをついてしまった。

入口のそばに幽霊のようなガレがいた。顔全体がどす黒く、痩せこけていた。

「ガレ！　大丈夫？」

リュシーが大きな声を出しながら、ガレに駆け寄る。その勢いでドアが大きく開かれた。

異様な光景だった。

女性の肖像画が部屋中の壁に掛けられているだけでなく、床にも何十枚も散乱している。どれも同じ女性に見える。

部屋には小さなステレオが置かれ、なだらかで落ち着いたメロディが流れていた。バッハの「主よ、人の望みの喜びよ」だった。

「きゃあ！」

リュシーが大きな声を出した。

ガレの膝が崩れ、リュシーに倒れかかったのだった。リュシーは支えきれず、そのままガレは転倒した。

——ガレ、ガレ。

呼んだが、眼を半開きにしたまま反応しない。そのまま苦しそうに荒い息をしている。

「たぶん、抗うつ薬とアルコールの大量摂取だわ」とオルガが言った。目ざとく、テーブルの上の錠剤の包み紙を見つめている。

「これ、私の母さんも使っていた抗うつ薬の包みよ」

ガレはまだ意識が戻らない。

「シュウ、SAMU（救急車）を呼んで！」

オルガがそう叫んだ。


♪


救急隊員がガレを搬送して行った後、僕とオルガがガレの部屋に取り残された。

救急車に同乗できるのは一人と言われ、最初は僕が手を挙げたが、リュシーが頑強に、自分が行きたいと言い、同乗していった。

ガレに恋人がいるというのは聞いたことがない。会えなかったここひと月で状況が変わったのか、あるいはリュシーがもともとガレに好意を寄せていたのかよくわからない。

でもガレを、支えようとしてくれる女性がいることになんだか安堵感を持った。

救急隊員もオルガの見方通り、アルコールと抗うつ薬の大量摂取が長く続いたことによる肝機能の低下ではないかと言った。かなりの入院が必要かもしれないとも。

ガレの部屋に取り残された僕とオルガは、まるで四方を鏡に囲まれた部屋の中で立っているようだった。鏡と鏡の反射が続き、無限に人間がいるような感覚に陥るほど、部屋のすべてが肖像画で埋め尽くされていた。

背景も服装も違うけれど、描かれているのは髪が長い、若く美しい女性だった。

「……いったい、誰の絵かしら」

オルガがいぶかしげに、そして少し怖そうに言葉を漏らした。

僕は、倒れそうだった。

あらゆる絵から発散されてくる才能の奔流に、押し流されていた。

描かれているのは、たぶん自分で死を選んだガレの姉だ。きれいな切れ長の目はガレと全然違っているけれど、髪の毛の色が、ガレと同じ濃いブラウンだし、鼻筋などにもどこか似たところがあった。

ほとんど、絶望のような感覚すら覚えた。

何よりも、それは線だ。才能は、まず線に表れる。

ガレの描いた線を見た瞬間、僕は即座に囚われ、惹きこまれた。

顔の輪郭、眉、肩から胸にかけての曲線、見る者をどこかに誘い出すような指先の動き。

何の迷いもなくひと思いにすらすらと描かれたことがわかる線が、打ちのめされるほど魅力的だった。

僕は一つ一つの絵に魅入られながら、部屋をゆっくりと歩いた。

そして、自分への致命傷となるものを見つけてしまった。

ベッドの枕もとに近い場所にそれは置かれていた。

オルガの肖像画だった。

数百枚ものキャンバスの中に置かれた一枚の絵。

背景は強いベージュだ。

そこでオルガが、泣いていた。

ガレが見たこともないはずの、オルガの泣き顔。

母親のことではもう涙を流しつくし、現実のオルガは泣くことができない。でも、ガレのキャンバスの中で、オルガは泣くことができていた。すべてから解き放たれたみたいに、オルガは泣いていた。額の上部のベージュの空間に、「OLGA」という薄い青色の大きな文字が、まるで魂が形となって現れたように浮かび上がっていた。

振り向くと、オルガが立っていた。

オルガはキャンバスを見つめて震えていた。

そのまま、顔が歪んだ。

目から、涙がぼろぼろと流れた。

チラリと僕を見た。僕の絶望を、オルガは感じ取ったのだろう。なぜか、いやいやをするように、首を何度も横に振った。

——大丈夫。シュウ。あなたの絵だって、大丈夫。

でもそうではないことが、何かがまるきり違うことが、オルガの涙にすべて表れていた。

「君の線は、魅力的だ」

ガレは何度かそう言ってくれた。僕は、それで実際に力付けられた。でも心の底で僕は彼の言葉を疑っていたし、疑っていたことは正しかったのだろうと思う。彼ほどの描き手が、他人の才能の有無を見極められなかったはずがない。

——ガレは、僕をあわれんでいたのか。


僕は部屋に駆け戻った。

シュウ？　オルガが心配そうに問いかけながらついてくる。

頭の中で、何か巨大で獰猛《どうもう》な生き物が暴れまわっているようだった。

僕は、ペイントナイフを持って、部屋に置いていた何枚かの絵を切り刻み始めた。

ベッドの脇に立てかけていた瓶とレモンの静物画。画面にペイントナイフの先端を突きさし、そのまま思い切り下に引いた。次には右に引き裂いた。ジリジリという嫌な音と一緒に、キャンバスの布が垂れ下がり、もう一度切り刻もうとすると力が余ってイーゼルがものすごい音で倒れた。

それは椅子の上に置いていたクレマンのグラスとボトルを同時に倒し、グラスが音をたてて割れた。床に金色の液体がみるみる広がっていく。すぐそばでオルガが叫んでいるのに、なぜだかそれがとても遠い場所でのことのように感じる。

次は月食を背景に老人が立ちすくむ絵だ。夜空のはずなのに、なぜか赤く塗られている。才能のなさをごまかすため、あえて現実にない色を置くことで印象を強くしようとした、吐き気のする創作態度。

またペイントナイフを突きさし、左右に引き裂いた。

シュウ！

オルガが僕に飛びつき、僕の右腕を抱え込むようにして叫んだ。

「何するの？　もうやめて！」

僕はオルガを振り払い、今度はイーゼルの上で描いている途中だったオルガの絵にペイントナイフを突きさそうとした。

でも、できなかった。

絵の中でオルガが、笑っている。

何も辛いことなんかなかったように、笑っている。

でも、ガレの描いたオルガを見た後では、はっきりとわかる。

これは、とてつもなく凡庸な絵だ。唾《つば》を吐きかけたくなるような。

自分はこんなものを、オルガの本当の姿として描いていたというのか。

涙が出た。

「オルガ、……持って帰ってくれ」

そう言った。

「嫌よ。まだ完成していないじゃない。そんな絵なら、いらない」

オルガも泣きながら声を上げる。僕が絵を描くのをやめようとしていることを、オルガは感じている。

「やめないでちゃんと私を最後まで描いて。お願い」

「わかってるだろ！　俺は、――到底かなわない」

「私に絵の価値なんかわからない。わかるのは、あなたが一生懸命描いてくれたってことだけ。私は、あなたの絵が好き」

「君だって」と思わず声が出た。

「君だって、いなくなるじゃないか」

絵とは関係ない。わかっていたけれど、叫んでしまった。

オルガの目から、ぼろぼろと涙が流れ出た。

「私はそんなことは言っていない。少しの間、あなたとも彼とも会わずに一人で考えるって話しただけ。それに、もしも別れたって、それがなんなの？　私たちは、愛し合った。別れたって、その事実が変わるわけじゃない。私があなたの絵を好きなことだって、変わるわけじゃない」

さっきは、ガレの絵に涙したじゃないか。

そう思うと、たまらなくなった。

僕はオルガの絵をつかんで、やみくもに投げた。

たまたま、開け放っていた窓の方に飛んだ。回転する円盤のように絵はリラのドライフラワーをなぎ倒し、そのまま青空の中に一瞬光ってから、視界から消えてしまった。

一瞬、下の石段の誰かにあたらなかったか不安になったが、こんなときにそうしたことを考える自分が余計馬鹿らしかった。

オルガは、両手で顔を覆い、高く叫び続けていた。青空に消えた何かを取り戻そうとするように。


♪

ガレが病院に運ばれた十日後、美術試験予備校《プレパ》の中二階にあるデッサン室で、僕はジジと二人きりで向かい合っていた。午後二時。昨日から雨が降り続いていて、ガラス窓の外は鈍色の陰鬱な世界だ。しかし室内は蛍光灯と白熱灯を混ぜ合わせた自然光に近い発色の照明で、こうこうと明るい。

日本に帰るという決意を伝えると、ジジは数十秒、黙っていた。それから小さな目を僕に向け「あなたの絵はまだ始まったばかり」と静かな声でそう言った。

「あなたはやっと、本当の意味で対象に向き合おうとし始めた。まっすぐに向き合って、しっかりと見つめ尽くす。その結果をどんな表現方法で浮かび上がらせれば良いか、自分の技巧を選び、磨き上げるまでにはとても長い時間がかかる。あなたは、その入口に立ったばかりなのよ」

僕はいらだった。

「元気づけてくれようとする気持ちはうれしいです。でも、僕はガレの絵を見てしまった。もう、なにもかも違う。始まったばかりとか、磨き上げるとか、そんなレベルの話じゃない。遠くに輝いている場所がある。そこに軽々と手が届く人間と、いくら努力してもたどり着けない人間がいる。僕はやっと、それがわかりました」

――ガレの絵は。

ジジが言葉を途切らせ、デッサン室のガラス窓の外に目を向けた。

雨が一瞬強くなり、ガラスに豆を撒き散らすようにバラバラと音をたてた。

「ガレの絵は、見る人をなぎ倒すような印象の強さがあるわ。でもなんだか私を不安にさせる。あの絵の力を生み出す源泉が、ほんとうに持続的なものかと考えてしまう。――なにか怖いものと引き換えに、ほんの短い間だけ現れるものじゃないかって」

背中が震えた。

自分もすでに、そう感じていたのだ。――それでも。

「それでも本当に納得できる絵を描けるのなら、僕はそういう人がうらやましいと思います」

オルガの本当の姿。その一枚だけでも描けるのなら。

しかし自分は、何をどうしようとも、輝く場所には行けない。

帰国の意思を伝えると、オルガは毎日のように僕の部屋に来た。真剣に僕を思い直させようとした。

——あなたの絵を、私は好きだ。

——ボザールの編入試験は絶対に受けてみるべきだと思う。それでもし駄目だったら、そのうえで考えればいいじゃない！

赤褐色の燃えるような目で、僕をまっすぐに見て、時には怒って泣きながら、そう何度も繰り返した。

でも僕はもう、パリにいることが耐えられなくなっていた。自分が結局は何者でもないことを、本当に思い知らされたからだ。

今日もまたオルガがアパルトマンを訪ねてくるかと思うとすまない気がした。もはや恋人ですら無い僕のために。

「ガレは大丈夫なの？」とジジは聞いた。

「はい、二日前に退院しましたが、やはり不安定ではあります」

入院直後から、僕は何度か病室のガレを見舞った。

ガレはベッドの上でいつも寂しそうな笑みを浮かべていた。ときどきはリュシーが病室で世話をしていた。

ガレは僕を見て「……こんな僕に、いろんな人がかかわってくれて、見舞いにも来てくれたりして、すまない気がする」とかすれた声で何度も繰り返した。ただ、時に精神状態が不安定になり、大声を出して、見舞客や医師ですらも病室に入れないこともあった。医師はガレに対し、真剣に精神科病棟への入院を勧めているようだった。

ガレに異変が起きたのは、退院する二日前のことだった。

見舞いにいったガレの目を見たとき、僕は後ずさりそうになった。本当に、底に何も無い、どこまでも続く洞穴を思わせる目だった。オルガが以前に指摘した、ガレの深い穴。それが突然、誰にも見えるようになっていた。

ガレはこちらに視線を向けて「僕は、もう終わりだ……」と振り絞るように言った。しかしその視線は、僕を通り越し、はるかな闇をさまよっている。

なるべく平静な声で「どうしたんだよ急に」と尋ねた。ガレはそのまま体を反転させ、枕に顔を埋めた。数秒して、うめくような嗚咽の声を出し始めた。それからもう、僕が何を言っても答えようとせず、泣き続けるばかりだった。

仕方なく病室を出ると、リュシーが両手に花を抱えて廊下を歩いてきた。以前にもましてニキビが増えた印象がある。精神的な負担の影響なのだろうか。

僕の顔を見ると「ありがとう、きてくれて」と言った。彼女はほぼ毎日ガレを見舞い、数時間ずつ部屋でガレの話し相手をしているようだった。

「ガレが、いつにも増して不安定なんだ」

そう言うとリュシーは視線を落とした。

「昨日、私がいないとき、叔母様がアルザスからいらしたらしいの。立ち会った看護師さんから聞いたんだけど、叔母様はガレに、あなたをアルザスに連れ戻すって言ったんですって。アパルトマンのガレの部屋の様子を見て、こんな状態で一人で暮らさせるわけにはいかないって。そのまま看護師さんは部屋を出たんだけど、しばらくしてガレの部屋から叫ぶような大声が聞こえて、叔母様が逃げるみたいに部屋から出て行ったって」

ガレは両親がすでに亡くなっていて、経済的にはその叔母に依存している。地元で代々続くホテルを現在切り盛りしているのもその人なのだそうだ。

美術試験予備校《プレパ》のガラス窓に、突然稲光が走った。しばらくして、驚くほど近い場所で雷鳴が伝わってきた。

ジジは小さな目をさらにすぼめるような表情をした。しかし何も言わないまま、まっすぐに僕を見た。

「シュウ、ボザールを受けなさい。あなたの絵の魅力は、ガレとは違うものから生み出される。ガレと比べては駄目」

雷鳴の後、また雨音が強くなった。ガレの大嫌いな雨。いつまで降り続くのだろう。

そのときだった。デッサン室の扉がものすごい勢いで開かれ、そこにアフリカ系の男性がたっていた。プレパの職員で四十代だ。

「シュウイチ・キタガワは君か」

「そうですが、何か」

「警察から、今電話があった。キタガワという学生に、すぐ帰ってくるように伝えて欲しいと。君のアパルトマンで事故があり、女性がケガをした。その人は君の部屋のカギを持っていたそうだ」

あのときの、世界が不意によじれたような感覚を、僕は今もまざまざと思い出す。たったそれだけの言葉で、瞬間、何が起きたかを、すべて察知していたような気さえする。

僕の部屋のカギを持っていたということは、ケガをした女性はオルガに決まっている。そして、もしかするとそれにはガレが関係しているのではないか。

めまいに似た感覚が僕を襲った。またあの、世界全体がネガフィルムのように白黒が反転したヴィジョン。僕は両手のひらで、自分のほほを強く押した。そうでもしないと意識が飛びそうだった。

ケガをしたのが本当にオルガで、どこか病院に運ばれたのなら、アパルトマンではなく病院に向かいたかった。しかしアパルトマンには管理人がおらず、問い合わせをするにはガレしかいない。

プレパの事務室で、僕は震えながらガレの電話番号を回した。自分の考えが妄想であり、ガレがいつものもの悲しそうな声で電話口に出てくるのを祈りながら。

数秒の呼び出し音が続いた後、「Allo?（もしもし）」という見知らぬ男性の硬い声が聞こえた。

「……あの、ガレの部屋ですか」

「あなたは？」

「隣人のキタガワと言います」

硬い声は続けた。

「私はパリ警察のものです。この部屋の人間は今はいません」

たまらず、問いかけた。

「女性がケガをして、僕の部屋のカギを持っていると聞きました！　もしかして、アルジェ系の若い女性でしょうか」

「すみませんが、今はお答えできない」と答えながらも、電話口の男性は続けて聞いてきた。「その人はあなたとどういうご関係ですか」

「僕の——恋人です。ケガはどうですか？　病院はどこですか？」

相手の声が、一瞬途切れた。

「電話ではお答えできない。すぐにアパルトマンにお戻りください」

「ケガの重さだけ教えてください」

「すぐにここに戻ってくれれば、話すこともできる」

その日、車で来ていたジジが僕をアパルトマンまで送ってくれることになった。鈍色の暗鬱な空から、強い雨がフロントガラスに叩き付けられて、流れ去っていく。ハンドルを握りしめるジジの顔も蒼白《そうはく》だった。

アパルトマンの前に、白い車体に鮮やかな青色で「POLICE NATIONALE」と書かれた三台の警察車両が停まっていた。救急車は見えない。

ジジと部屋に駆け上がった。

意外にも僕の部屋はドアが閉まったままで何の変わりもない。代わりのようにガレの部屋のドアが半開きで、制服警官が二人、威圧するように立っていた。

混乱した。僕の部屋ではなく、ガレの部屋に？

「先ほど電話したキタガワです！」

警官に言葉をかけると、ガレの部屋の中から私服の男性が現れた。刑事だろう。五十歳前後のやせ型で、世界の悪いところをすべて見てきたような目をしている。

「オルガは！」

たまらず聞いた。

「あなたは？」

「前の部屋のものです。オルガの病院はどこですか！」

「女性はアムリケン・ドゥ・パリ病院に運ばれました」

「僕は——、すぐそちらに向かいます！」

刑事は言葉を途切れさせ、また世界の悪いところをすべて見てきたような目をした。

「残念ですが、今は行ってもどうしようもない。一時間前に病院で亡くなりました」

ジジが高く悲鳴を上げた。

膝が砕け、自分が廊下に崩れ落ちていくのがわかった。

それからのことは、すべてが霧の中での出来事のようだった。

僕は警察署に連れて行かれ、オルガとガレ、僕の三人の関係について話を聞かれた。

見返りとしてなのか、刑事は、状況をあらましだけ話してくれた。

一階に住んでいる七十代の女性が、ものすごい音に驚いてドアを開けたのが午後二時過ぎのこと。女性は震えながら警官に証言したという。

「階段下に若い女性が倒れていたの。男の人がまたがって、首を絞めていた。獣みたいな大きな声で『姉さん、姉さん』って叫んでいたわ。私が声を上げると、男の人は立ち上がってこっちを見た。幽霊みたいだった。怖くなってまた部屋に入ってカギを閉めたの。私はそのまま警察と救急車に電話したわ」

救急隊が駆けつけたとき、オルガは頭を強く打った状態で、後頭部が裂けて血を流していた。おそらくは階段の最上段から落下し、階段下の手すりの台座で頭を強打したらしい。

それだけではなかった。検視の結果わかったことだが、オルガはペイントナイフで深く目を刺されていた。傷は一カ所だけだったが、それが脳幹部分に深く達したのが致命傷になっていた。階段の下に落ちていたペイントナイフと傷の形状は一致した。

ガレは現場におらず、そのまま消えた。そして四日後、アルザス地方のコルマールという町の川で、水死体で見つかった。

それがパリでの最後の出来事だ。

あの日、ガレとオルガの間に何があったのかは本当にはわからず、状況から推測するしかなかった。

オルガはあの日も、再び僕のもとを訪ねてきてくれた。そして、退院直後のガレと出会った。

ガレは明らかにオルガを愛していた。精神状態が不安定さを増していたガレとオルガの間に、何らかのやりとりがあった。おそらくはガレの一方的な、そして狂おしい求愛ではなかったか。

　オルガはそれを拒絶したはずだ。

　それがオルガの死をもたらした。

　普段のガレとあの事件は、いまでも僕の中でどうしても結びつかない。ガレはいつも、何かに怯えるようにおどおどしていた。人を殺すような行動を起こす人間にはとうてい思えなかった。

　しかし一階の住人の証言を聞く限りでは、ガレが完全な錯乱状態にあったのは間違いない。すべてはガレの精神の病が引き起こした結果ではなかったか。


　そして、最悪の結果をもたらした責任は僕にあった。

　オルガはどうしてだか最初からガレを恐れていた。それは心の奥底から来る何らかの予感だったのだろう。僕はそれを目のあたりにしていたにもかかわらず、防ごうとしなかった。

――もしも。

もしも自分が早い時期に、オルガとともにフランスに残ると決断し、彼女に伝えていたら。父親思いで国外に出る気のなかったオルガは、僕と離れることを考えなかったのではないか。

オルガとの関係が良好なままなら、ガレの異変を察した後はアパルトマンにオルガを呼ぶのはやめ、外で会い続ける選択もできただろう。

それなのに、自分の才能のなさに自棄的になり、オルガが自分を訪ねて来ざるを得なくなるような状況を作った。

そして不安定なガレと出くわさせてしまった。

すべては自分のせいだ。

世界が崩れ落ちたような感覚だった。

さらに僕を追いつめたのは、後になって見せられたオルガからの一枚のメモだった。

ガレの死の三日後、僕は警察署に呼び出された。

刑事が、「亡くなった彼女の上着のポケットに入っていた。君あてのものだろう」と一言だけいい、透明なビニール袋に入れたままの薄青い紙切れを机の上に出した。

いつもオルガが使っていた便箋だ。いったん小さくたたんだのを伸ばしたらしく、幾重にも折り目の跡が残っていた。

「これまで一切の証拠物は開示できなかったが、もう事件は終息した。希望するなら、持ち帰ってもいい」

短い文章が、ビニール越しに見えた。極端に右肩上がりの、釘が折れ曲がったような彼女独特の筆記体だ。

シュウ。私の言葉をもう一度思い出して。私はあなたと別れるなんて言っていない。でも少しの間、一人で考えたいの。

十一月が終わるまでに私は答えを出す。

シュウ、お願い。日本に帰らないで。

読んだ途端、喉から吠えるような音が出た。自分が声を上げて泣き始めているのがわかった。

オルガはあの日、僕と会えなければ、このメモをドアにでもはさんで立ち去るつもりだったのではないか。

メモを見る限り、オルガは僕と生きることを選ぼうとしていてくれたように思えた。僕とオルガの物語は、まだ続くはずだったのではないか。

それからは、食べることも眠ることもできなくなった。切り裂かれたキャンバスが散乱したままの自分の部屋で、カギをかけて窓の雨戸を閉めて震え続けた。

雨音がすると、わけのわからない恐怖が濁流のように押し寄せ、自分を押し流そうとする。まるで自分がガレになったかのようだった。

三週間後、僕は半ば強制的に日本に送り返された。心配したジジが僕の父に連絡を取り、父は大使館経由で即座に帰国手続きを進めたのだった。

——希一。

父さんはこのようにして、日本に逃げ帰ってしまった。
日本に帰ってから、再び絵筆を取ることはなかった。
長い間、深い井戸の底の淀んだ水の中で過ごした。形式上は早稲田に復学したが、抑うつ状態になり、大学には通えず精神科に通院した。

母さんに出会ったのは、帰国して三年がたとうとするころだった。母さんは父さんの手を強く握り、ゆっくりと水の底から引き上げてくれようとした。少し浮上してもまた沈むような繰り返しの中で、それでも少しずつ、父さんの人生には光が戻っていった。

何度かの留年を繰り返し、大学は五年目になった。

まだ精神状態が完全には戻っていなかったが、絵をあきらめた以上、別の生き方を探さなくてはならなかった。

ジャーナリストを選択の一つに入れていたオルガのことを思い出し、新聞社を受験したが通らなかった。「政治家か、またはジャーナリストになって世界を変えたい」というオルガの意思すら受け継げないのかと、本当に悔しかった。

母さんと結婚したのはその年だ。母さんは、大学を留年し、しかも精神科に通っている、本当に何者でもない父さんを選んでくれた。

もう一度だけ――翌年、父さんはできるだけの準備をして、再び新聞社を受けた。試験の外国語でフランス語を選べたことも幸いし、この年は合格した。大学の六年目だった。

新聞記者になった直後、父さんはいずれ、国際畑を担当し、オルガの考えていたような「世界を変える」記事を書くつもりだった。様々な民族の融合と離散、その中で人が幸せになる仕組みづくりを提示するような記事だ。

しかし支局で四年を過ごした後、東京に戻って父さんが実際に配属されたのは経済部だった。企業の人事や合併、決算動向などを他紙より少しでも早く書くために、朝も夜も取材先に通い続けた。

父さんは何度か、国際畑への志望を出したがかなわなかった。やがて経済や金融のメカニズムが少しずつわかるようになり、経済や企業のダイナミズムの原点にある人の様々な思いや希望、挫折を知ると、経済記事を書くことが少しずつ好きになっていった。

就職が決まる一年ほど前、大塚さんから手紙が来た。

大塚さんはそれまでも何度も父さんを気遣う手紙をくれていた。しかしこの手紙には驚くようなことが書かれていた。

四歳になるジジの娘と一緒に、三人で暮らし始めたというのだ。

あれからも何度も何度もジジに思いを伝えていると、ある日突然、ジジがそれを受け入れたという。いったいどんな心境の変化がジジにあったのだろう。

「人の思いというのはいつか通るものだと、本当に不思議な、そして幸せな気持ちで毎日を暮らしています」

普段の関西弁からは想像もつかない端正な文章の中に、大塚さんの隠しきれない喜びがあふれていた。

ジジは父さんが帰国した翌年、フランス芸術家協会が主催するル・サロンで入賞して画家としての地位を確立し、その後も新しい作品を生み続けているそうだ。彼女は自分に「突出した何か」があると当時から信じていて、しかもそれは正しかった。父さんにはなかったものをジジは確かに持っていた。

――希一。

モンマルトルでのできごとを、父さんはこれですべて語り尽くした。君がこれを読んでどう思うか、少し恐ろしい気がする。

自分で運命を切り開けるほどの才能がなかったばかりか、間接的に、オルガという素晴らしい女性の死の原因を作ってしまった。

そのまま、日本に逃げ帰ったのが父さんだ。

君に軽蔑されるかもしれないと思いながらも、やはり父さんは本当のことをそのまま書いておきたかった。

♪

パリを訪れたとき、北川希一は二十歳になっていた。通っている大学の交換留学の試験に合格し、一年間パリで暮らすことが決まっていた。

専攻は国際会計学だ。日本企業にも導入が本格化し始めている国際財務報告基準ＩＦＲＳについて、作成過程で議論を主導した欧州で学ぶことが目的だ。

日本からの荷物は、アパルトマンにこの日の午後到着する。空港からリュックだけを背にメトロに乗り、まずはコンコルド広場近くのレストランで昼食を取った。

初めてのパリは、街全体が明るく見えた。八月の第一週で、広場近くの多くの店は休業の看板が出ている。パリ市民の多くはバカンスに出かけているからだ。レストランはほぼ満員だったが、大半が観光客で、特に中国人の集団が目立った。

レストランを出てから徒歩でオルセー美術館へ向かった。

専攻とは無縁だが、父親の手記を読んだ後で美術に関心を持つようになり、留学中になるべく多くを吸収したいと思っていた。オルセーはフランスで最初に見てみたい場所の一つだ。

今はルーヴルをもしのぐくらいの人気のオルセーだが、歴史は意外に浅く、開館は一九八六年の十二月だ。

元はオルレアン駅だった建物は改築され、ガラスを多用したモダンで美しい建築物に姿を変えている。そして一八四八年から一九一四年までという、長くはないけれど実り豊かな時代の芸術作品を中心に展示している。ちなみにそれ以前の作品を展示しているのがルーヴル美術館で、それ以降は国立近代美術館（ポンピドゥ・センター）が役割を担う。

地上階でミレーの「晩鐘《ばんしょう》」や「落ち穂拾い」、アングルの「泉」、マネの「草上の食事」、ドガの一八七〇年以前の作品などを眺めてから、エスカレーターで印象派の作品を展示している三階へ向かった。

三階の最初の部屋は印象派の比較的有名な作品がランダムに飾られていた。モネの「かささぎ」やピサロの「赤い屋根」などだ。

次の部屋には一階で見たマネとドガの一八七〇年以降の作品が並ぶ。彫刻家としてのドガの力量を見せつけられるのもこの部屋で、本物のチュチュ（ダンスの衣装）をまとった「十四歳の小さな踊り子」からはまるで生きているような情念が伝わってくる。

そのまま歩くと左右に空間が仕切られている場所があった。

ほぼ中央、オフホワイトの壁に飾られていたのが、シスレーの「ポール・マルリの洪水」だ。洪水から数日がたったポール・マルリの街を描いたもので、もう空は晴れ渡っているのに、まだ街は水に覆われたままだ。道路を人々が小舟で行き来している。

希一は父親の手記の中ではじめてシスレーという画家のことを知った。それからは自分でこの画家の解説書を何冊か読んでいた。

そのなかの一冊に、認められないまま亡くなったシスレーの晩年についての記述があった。

シスレーはスポンサーだった実家が破産してしまい、困窮を極めた中で妻も死亡した。翌年、自分もがんになり、死を覚悟したシスレーはモネを呼び子供たちを託した。

モネが仲間の印象派の画家たちにあてた幾つかの手紙は今も残り、そこには友人を思う気持ちがあふれている。

――一週間前、シスレーが会いに来て欲しいというので彼を訪ねた。彼は、最期の別れを言いたいと思って僕を呼んだのだ。かわいそうな友、そしてかわいそうな彼の子供たち。

僕は彼の二人の子供を援助するため、絵の競売を準備している。だって子供たちには何の遺産もないんだ。

シスレーのアトリエにはほんの数枚の絵しか残っていなかった。だから競売では彼の絵だけでなく、友人の画家たちの絵も加えたい。そうすれば、かわいそうな彼の子供たちの、少しでも生活の保障になるだろう。

僕たちが開いた初期の展覧会に加わった画家たち全員が、協力してくれそうだ。それぞれ手元にある絵のうち一番良いものを出品して、子供たちのために競売が成功するようにしたいと思っているんだ。


モネはシスレーの遺児たちのために絵の競売を実施し、皮肉なことに、それがきっかけでようやくシスレーの絵は認められ始める。

それでも今もシスレーは一般によく知られた画家とは言い難い。希一は絵画鑑賞を趣味にする友人たちにシスレーの話題を振ってみたことがあるが、名前は知っているけれど、という程度の反応しか返ってこなかった。

この日のオルセーでも、多くの観衆は、この部屋では逆側の壁にかかっているルノワールの「ぶらんこ」を見るのが目当てで、その前には大勢の人だかりができている。

ただ、シスレーの「ポール・マルリの洪水」の前にもほんの数人、じっと視線を注いでいる人がいた。希一もその場所に立った。

普通の絵に比べてはるかに空が広い。そして光にあふれている。

右側で一人で見ていた七十歳くらいの老婦人が、希一に「Aimez-vous le Sisley ?（あなたもシスレーが好き？）」と話しかけてきた。

希一は頷いて「En particulier, je voudrais le ciel（特に空が）」と老婦人に答えた。

通っていた中高一貫校は高校時代から第二外国語が必修で、希一はフランス語を選んでいた。大学入学後も留学試験に備えて語学学校などで懸命に勉強を続けた。父親が手記に、自分とフランス語で話したいと書いていたのが忘れられなかった。難解な哲学書などはまだ読みづらいが、会話はなんとか大丈夫だ。

老婦人は、「印象派の作品はどれも素敵だけれど、何度も見て飽きないのは、シスレーよ」と上品な微笑みで言った。

――空は単なる背景ではない。僕は空から描き始める。

ジジが父に教えてくれたというシスレーの言葉が、耳元で聞こえた気がした。

父親は「あまりシスレーが好きではない」と書いていた。でも自分はシスレーの描いた広い空が好きだ。


オルセーの五階の展示場脇に、「ザ・カフェ・カンパーナ」はあった。入口で見渡してみたが、待ち合わせの女性らしい客の姿は見つけられなかった。まだ約束の時間には十五分ほど早い。窓際の席に案内されると、広いガラス窓越しの眼下にセーヌ川がゆったりと流れていた。

オレンジジュースを頼んだ後、目印として指定したシスレーの画集を、なるべく目立つように机の上に広げた。「レディース・コーヴ、ラングランド湾、ウェールズ」という、シスレーの中でも一番好きな絵のページを開いておいた。シスレーには珍しく、英国の海岸の光景を描いたものだ。

オレンジジュースの値段は十ユーロ。千二百八十円だ。異様に高い。というよりも、ここ数年、円がとても安くなっているせいだ。これからの生活が思いやられた。

その小柄な女性は、入口から歩いてくるときにすでに本人だとわかった。脇にシスレーの画集を抱えていたからだ。

女性もすぐに希一に気づいた。金髪に少し白髪が交じり、ほほにニキビの痕がたくさん見えた。

「希一さんですね」

「はじめまして、リュシー」

女性はにっこりと頷いた。五十歳を大きく超えているはずなのに、少女のような可愛らしさが残っている。米国の連邦準備制度理事会FRBのイエレン議長に少し似ていると思った。

希一は留学の前に、父親への郵便物を頼りに、大塚さんとジジに連絡を取っていた。彼らは正式に結婚してはいないが、パリ南部の第十五地区というところで、今も娘と三人で暮らしている。

渡仏を知らせたのは四カ月前だ。大塚さんから即座に「ぜひ家を訪ねてください」というメールが来た。部屋の片づけが一段落すれば、ぜひ会いに行きたいと思う。父親の手記を読んだからか、なんだか昔から知っている人たちのように感じてしまう。

大塚さんから「ガレの恋人だったリュシーが、君に会いたいそうです」と書かれたメールが届いたのはつい二日前、日本からの出国準備をちょうど終えたときだった。こんな文面だった。

――Cher Monsieur

これはジジからの伝言です。彼女は日本語を書けないので僕が頼まれました。君がフランス語もできることを彼女は知っていますが、とても大事なことなので日本語できちんと伝えてほしいとのことです。

リュシーはドイツ人と結婚して現在はケルンに住み、地元でキュレーターをしています。仕事で久しぶりにパリに来て、今日、ジジを訪ねてくれました。二人が会うのは二十数年ぶりだったようです。

お互いの近況を伝え合ったあと、ジジが「シュウを覚えているかしら。彼の息子がフランスに来るのよ」と伝えました。リュシーはシュウと会ったのは数度だけでしたが、君の父さんをよく覚えていたようです。

君からもらった最初の手紙に「父はオルガさんの死の原因を自分が作ったと、最後まで悲しんでいました」と書いていたことを、ジジは伝えました。

リュシーはガレのことを好きだったようなので、オルガとガレの出来事は、リュシーにとっても悲しみだったはずです。ジジは、自分たちは、シュウの息子である君を含めて、悲しみを分かち合う仲間だ。そんなふうに思ったからこそ、リュシーに君の手紙の言葉を伝えたのでしょう。

ところが、それを聞いてリュシーは突然泣き出したのだそうです。それから「あれは運命の罠《わな》に落ち込んだような、とても不幸な出来事だった。私は実は、あの事件のことを深く知っている。シュウの息子が、そんなふうに思っているのなら、私はそれを彼に話したい」と言ったのだそうです。

リュシーがジジを訪ねたのも、実は長い時間がたったあと、そのことをジジに伝えたい気持ちが強まったからなのだそうです。ジジはすべてを聞き、彼女は帰宅してからそれを僕に話してくれました。ジジにとっても僕にとっても、その内容は大きな驚きでした。

リュシーの気持ちを考えると、僕がそれを君に伝えるのではなく、直接リュシーから聞いてほしいと思います。彼女は八月二十日までパリにとどまる予定だそうです。君がフランスに来るのは十七日と聞いているので、数日間は重なっています。久しぶりにフランスに戻ったリュシーと君の来仏が重なるのは、何とも言えない、運命の啓示のような気もします。

あわただしいかもしれませんが、可能ならぜひ会ってください。

Cordialement, Yasuo Otsuka

メールの最後には、リュシーの携帯番号とメールアドレスが書かれていた。希一がリュシーにメールをすると、オルセーの喫茶店が指定されたのだった。

注文を取りに訪れた十代に見えるウェイトレスに、リュシーは「私はBORISを」と言った。それから「有機材料のビール。今日は暑いし、私はちょっとアルコール依存症なの」とほほ笑んだ。

希一はクローネンブルグを頼んだ。カフェは冷房でキンキンに冷えていたが、館内をかなり歩いた後なのでビールは気持ちよく喉を落ちていく。

リュシーはグラスを手に、不思議なものを見るように希一を見た。

「背が高いのね。シュウも日本人にしては大きかったものね。目や鼻もシュウにそっくりだわ」

「はい、父によく似ていると言われます」

昔は、似ていると言われるのが嫌だった。しかし最近はもう、あまり気にならなくなっている。

「あれは本当にいろいろな不運が重なった事故だったの。あなたの父親のせいなんかじゃない。私はもっと早く、それをシュウに伝えるべきだった」

希一のフランスでの予定や大学の専攻などを聞いた後、リュシーはそんな言葉を、ゆっくりと話し始めた。

「ガレが人を殺したということが伝わったのはあの日の夕方だった。ジジから電話があったの。相手がオルガだと聞いて、私はよけいに心が真っ暗になった。ガレがオルガを好きなんじゃないかと思って、ずっと私は苦しかったから。殺したということは、殺すほど好きだということだから、私にとってはさらに強い痛みだったわ」

希一は黙ってうなずいた。ガレとオルガ、リュシーとのことは、何度も父親の手記を読み返している。

「ガレがそのまま姿を消して、警察は行方を捜していたわ。ボザールとしては捜査に協力するしかなくて、ガレと同じクラスだった人たちの名簿を提出した。すぐにあなたのところにも連絡がくるってジジは教えてくれた。ジジとしては、事件のことを警察からではなくて、自分で伝えたかったんだと思う」

リュシーはそのまま窓の外に目を向けた。眼下に、夏の日差しを受けたセーヌ川がきらきらと輝いている。

河岸にはまるでビーチのように人工の砂浜が作られ、パラソルの下のビーチマットにたくさんの人がくつろいでいた。

「ジジからの電話を切った直後、実際に警察から電話が来たわ。すぐに警察署に来て話を聞かせてほしいと言われた。クラスの誰かが、ガレと私がときどき話していたって言ったようなの。仕方なくモンマルトル警察に行ったんだけど、私、何も答えられなかった。だって、本当に何も知らないんですもの。でもたった一つ答えたことがある。ガレはオルガを好きだったのか、という質問。私は『そうだと思う』と正直に答えた。……辛かった」

リュシーはＢＯＲＩＳのグラスをあおり、喉をならすように飲んだ。一気に半分ほどがなくなり、希一は少し驚いた。

「でもガレはそのあと、私に連絡をくれたの。三日後の朝だった。アルザスのコルマールという都市のホテルにいるって言われて、私はすぐ出かけた。警察のマークはついていなかった。私は友人ではあったけれど別に正式な恋人とかじゃなかったし、そこまで私を重視してはいなかったんだと思うわ。ガレは真っ暗な部屋で、シーツを肩にかけて震えながらベッドに座っていた。私が部屋に入るといきなり『オルガのせいで……父さんと姉さんは死んだんだ』と言ったの」

「オルガのせいで？」

意外な言葉に、思わず聞き返した。

「よくわからないでしょう？　私も『どういうことなの？』って聞いた。そしたら、昔、僕の父は、幼い女の子を誘拐したっていう無実の罪で逮捕された。そのまま警察病院で亡くなった。姉が自殺したのも、自分にはそういう血が流れているということに、精神が耐えられなくなったからだった。……その女の子が、オルガだとわかったんだって」

「ちょっと待ってください。……ガレは」

「ええ、オルガの母親の知り合いだったユーリの子供よ」

混乱した希一の頭の中で、父親の手記がぐるぐると想起された。

「しかしユーリはすごい美貌の男性と書かれていました。ガレの印象とは……」

「ユーリは大学卒業後、すぐに地元のアルザスで結婚したんですって。代々経営しているホテルを継ぐのに大事だからって、相手はやはり地元の有名なレストランのお嬢さん。ガレは『母さんは僕そっくりで、ひとつも美人じゃなかった』と言っていたけれど……」

希一は懸命に父親の手記を思い出そうとした。しかしガレの母親についての記述は記憶にない。

「ユーリは逮捕後、自分の誘拐行為を否認したの。オルガの母親、アデールから、夫と別れてユーリと一緒になりたい、自分もあとで合流するから、先に娘のオルガを連れ出して、アヌシーのホテルで待っていてほしいと言われただけだって」

「そんなバカな……」

思わず言った。父の手記で書かれていた内容と異なっている。オルガが深夜にされた異常な行為とも整合性がつかない。

「とにかくユーリは逮捕後そう主張したし、ユーリの妹であるガレの叔母など親族もそれを信じたの。夫と別れてユーリと一緒になろうとしたオルガの母親が、途中で気が変わったために、ユーリは罪をかぶる羽目になったんだって。ユーリが病死してから、ガレの叔母は気が収まらずにシャモニに行って、オルガの母親を直接非難した。そのとき、まだ小さかったオルガの姿も見かけたらしいの」

「でもなぜ、ガレはオルガがその女の子だと気づいたんですか？」

「ガレが抗うつ薬とアルコールの同時大量摂取で病院に運ばれた後、彼の叔母がアルザスから出てきて彼の部屋に入ったの。そこで見つけたのが、オルガの肖像画だった。幼いころからだいぶ変わってはいたけれど、黒髪で目や口が大きな、特徴的な顔。そしてキャンバスに描かれたOLGAという文字を見て、まさかあの女の子では、と驚いたらしいの。叔母さんはすぐさまガレの病室へ行き、オルガのことを問いただした。ガレはオルガがシャモニ出身ということを知っていたのでそれを叔母さんに話した。叔母さんは『間違いない。あなたの父さんを罪に陥れて、結果的に殺した女の娘よ。オルガ自身もそれに関わったの』と言ったんですって。ガレも叔母に、父親は騙されたのだと吹き込まれて、信じていた。ガレは途中で耳をふさぎながら絶叫したらしいわ」

リュシーはまたＢＯＲＩＳを飲み、グラスは空になった。通りがかったさっきの銀髪のウエイトレスに「同じものを」と答えた。希一のグラスにはまだほとんど残っていたので、希一は注文を控えた。

「ガレは退院後、アルザスへ戻ることを決めた。自分の好きだったオルガが、父親と姉を死に追い込んだ人間の娘だと聞いて、そんなことがあるはずないという気持ちと、でも真実なのではないかという気持ちで、心が引き裂かれそうになったって。そしてもうこれ以上、オルガの顔を見ることが耐えられないと思ったの。でも一つだけ完成させて、アパルトマンの廊下に何も言わず置いていきたい絵があった。それがあの、部屋にあったオルガの絵。事件の日、ガレは部屋でまた絵を描きはじめた。でも途中から、大嫌いな雨が降り始めた。ガレにとって、雨は、姉を死に至らせた水の象徴でもあったの。雨音がだんだん大きくなって、気が狂いそうになったと言っていたわ」

「ザ・カフェ・カンパーナ」はいつの間にか満席に近づいていた。隣の席では三人家族が腰かけ、五歳ほどの赤毛の女の子が、かわいらしくアイスクリームを舐めている。リュシーはその子に柔らかな微笑みを注いだ後、言葉を続けた。

「……そのとき、シュウの部屋をノックするオルガの声が聞こえたの。そこからはガレ自身、記憶があいまいだと言っている。気づくとペイントナイフを持ったまま廊下に出て、オルガと向かい合っていた。もう最後だからと思って『オルガ、僕はユーリの息子なんだ』と言ったんですって。本当のことが知りたかったからだって。ところがオルガは、その言葉を聞くとぶるぶると震えだし、大声で悲鳴を上げ始めた。ガレはびっくりしてオルガの口をふさいだ。『Taisez-vous!（静かに）』と言いながら。それでもオルガはパニック状態になっていて、叫びながら階段に向かおうとした。ガレは一言だけ本当のことを聞きたくて、オルガを後ろから抱きとめようとした。そのまま足がもつれあって、二人で階段から落ちてしまった」

リュシーは新しく来たＢＯＲＩＳをまた三分の一ほど飲んだ。「アルコール依存症なの」という言葉は本当なのかもしれなかった。

「事故だったっていうんですか？」

「落ちた後、ガレはオルガの上に乗った状態だった。気づくと、手に持っていたペイントナイフがオルガの目に刺さっていた。……ガレは『刺した覚えはない。ほんとなんだ』と泣きながら何度も私に言ったわ。でもそのとき、ガレには自分の下で目から血を流しながら倒れているのが、大好きだった姉さんに見えたというの。顔も髪も肌の色もまるで違うのに。ガレの姉さんは、亡くなったとき自分で左目をついていた。その記憶が、混濁したガレの脳内で突然蘇ったのかもしれない。ガレは大声をあげながらペイントナイフを抜いて、『姉さん、姉さん』と叫んだ。生き返ってほしくて、ガレはオルガの頭や首を無我夢中で揺さぶった。そのとき、一階の部屋の住民がドアを開けてガレたちの様子を見て、すぐにドアを閉めた。ドアの内側で警察と救急隊に電話する声が聞こえた。再び自分が揺さぶっている女性を見たら、やっぱり死んだはずの姉さんだった。ガレはすべてが恐ろしくなって、逃げ出してしまった」

リュシーはBORISをまた一気に飲み干し、三杯目を頼んだ。上品そうな小柄な初老の婦人には似つかわしくない飲み方だった。希一もクローネンブルグの二杯目を頼んだ。

「コルマールのホテルで、シュウに申し訳ない、とガレは言ったわ。シュウの大切な人を自分は殺してしまったって。でも自分が話したことは、一切シュウには伝えないでほしいとも。だって自分がユーリの子供だったということを伝えれば、オルガが小さいころ、一人の人間の冤罪に関わったことも言わざるを得なくなる。シュウにはそれを知ってほしくないって」

「ちょっと待ってください。そもそも冤罪だっていうのは、ユーリのでたらめでしょう」

「おそらくはそうだと思うんだけれど、私にはわからないわ。事件後長い時間がたって、私が今の主人と結婚した後、シャモニの地方新聞社に行って当時の新聞記事をいくつか調べたの。私にとっても、あの出来事に再び向かい合えるようになるまでにはずいぶん時間が必要だった。そうすると、どの新聞も犯人であるユーリの言い分、つまり、待ち合わせるつもりだったという反論をかなり大きく、きちんと掲載していた。もちろんユーリ以外はすべて仮名だったけれど。犯人側の主張も掲載するのはジャーナリズムでは普通でしょうけれど、その反論の載せ方が、かなりスペースも大きいし、詳細なの。裁判を傍聴した記者たちが、ユーリの反論は荒唐無稽ではないと感じた雰囲気が記事からは伝わってきたわ。連れ去られた女の子の母親とユーリは交際していたという目撃証言を載せた新聞まであった。でも結局裁判ではユーリの言い分は認められず、有罪になったわ」

窓の外で光が揺らいだ。陽光を受けたセーヌの流れが、光を反射させたのかもしれない。

希一は父親の手記の中で、ユーリがオルガを連れ出した夜、ホテルで長々と電話をしていたというくだりを思い出した。もしやそれが、母親のアデールからの「私はやはり行けない。オルガを私のもとに戻してくれ」という電話だったとしたら。

しかしもちろん希一に、真実を判断する材料は何もなかった。リュシーはグラスを手にしたまま希一を見た。

「話し終わった後、ガレは疲れたみたいで、私に帰ってくれと言った。自分は翌日、警察に行くからと。でも私はその夜、ガレの部屋に泊まった。ガレがどこか別の世界に行ってしまいそうな気がして、そばにいることでつなぎとめたかったの。私たちは同じベッドで寝たけれど、彼は何もできなかった。私は必死で彼を抱きしめた。絶対に眠らないでおこうと思った。だって、ガレが消えてしまいそうだったから。でも、絶対に眠ったつもりはないのに、夜明けに気づくとガレは私の腕の中にいなかった。今でも不思議だわ。何の物音一つもたてず、ドアを開ける姿も見えないまま、ガレは幽霊みたいに消えてしまった。後になって、自分がガレと会ったこと自体が幻だったのではないかと思うくらい。その日の夕方、ホテルから十分ほど歩いた先にある川でガレは発見された。亡くなっていて、かわいそうに、自分でペイントナイフで左目を刺していたわ」

そのときの辛さがよみがえったのか、目に涙が浮かんでいた。

「今では、全部、本当に不幸な要素が重なった結果だと思っているの。オルガとガレが出会うことになったのは確かにシュウがきっかけだけど、それは防ぎようがないこと。起きた出来事は、あなたのお父さんのせいなんかじゃない。だってユーリの証言をガレの一族が信じ込んでいたこと自体が、すべての根源なんだから」

リュシーはまたグラスを飲み干した。「これ以上飲んだら止まらなくなるから、やめておく」とまたかわいらしく笑った。

「これが私の知っていることの全部。シュウの息子であるあなたに話せて、気持ちが楽になったわ」

希一は窓の外に眼をやった。眼下のセーヌ河岸に作られた人工ビーチで若い男女が笑いさざめいている。何の陰りもない、真夏の明るいパリがそこにあった。

今振り返ると、十代の前半、自分は父親をなぜあれほど嫌悪していたのだろうと思う。もちろん、一つには母親のことがあった。

亡くなった日、父親が最初の予定通り、家にいてくれたら。何度そう思ったかしれない。もう一つ、許せなかったのは、母親の死後、父親がふともらした言葉だ。

父親は「母さんが亡くなる前、右手にコップを持っていて、突然落としてしまったことが何度かあった。母さん自身が不思議そうにしていたが、今考えればあれは、体のしびれで、脳梗塞の前触れだったのかもしれない」と後悔していた。殴りかかりたくなった。あんたは、なぜそのとき、母さんを病院に連れていかなかったのかと。そのとき医師に診せれば、母さんは助かったのではないかと。

もちろん、そんな日常のささいな変化をとらえられなかったことで、医師でもない父親を責めるのは酷だ。今ではそう思う。しかし母親の死を目の当たりにさせられた幼かった自分にとって、誰かを責めなければ心のバランスを取ることが到底できなかった。


もう一つ嫌だったのは、父親の表情や話し方にいつもまとわりついているような一種の「陰り」だった。

手記を読み、多くの人に親密そうに接する若い父親の姿が希一には意外だった。希一の知る父親は、人との交際をあまり好まないように見えた。たまの休日にも、世の中の暗さを抱え込んだような陰鬱な顔で、一人で本を読んでいることが多かった。

　晴れた夏の日のような母親の明るさが、古びて黒ずんだ布のような父の陰りで蝕《むしば》まれているような感覚を幼い自分は覚え、それが父への拒否につながっていた。母親の死さえ、結局はそうした暗いものがもたらしたのではないかと。

　しかし父の手記を読んで、父に陰りをもたらした原因かもしれない若い時期の出来事を知った。その悔恨にまっすぐ向かい合い続け、自分を責め続けたのであれば、それは誠実さであると言っても良いのだと今では思う。

「それから、シュウの息子であるあなたに、ジジや大塚さん、そして私から言っておきたいことがあるの」

　大きく西に傾いた陽光を窓ガラス越しに受けながら、リュシーが静かな笑顔で見つめていた。

「オルガやジジ、大塚さんはもちろん、そしてガレも、みんな、シュウのことを本当に好きだった。何度かしか会ったこともない私もよ」

希一の心に温かい波のようなものが流れ込んできた。不意に涙がこみあげそうになったことに自分で驚きながら、「本当に、いろいろ、ありがとうございます」と答えた。

「ジジから聞いたんだけど、あなたはこれから一年間、高等師範学校《エコール・ノルマル・シュペリウール》に通うんですって?」

希一は頷いた。

「オルガさんがいた学校ね。フランスが数百年の時間をかけて培った学問や思想が、あそこには凝縮されている。素晴らしい一年になると思うわ」


リュシーと別れた後、希一はコンコルド広場の近くで地下鉄十二号線に乗った。七駅目がモンマルトルのふもとのアベス駅だ。

この出口は一九〇〇年の万博に合わせて、エクトル・ギマールがデザインした。蔦《つた》が絡まる銅製の支柱にガラス屋根が置かれたものだが、あらゆる部分がアール・ヌーボー様式の優美な曲線を描いている。

目の前の広場からイヴォンヌ・ル・タック通りに入り、そのまま歩き続けた。モンマルトルは、父親が手記の中で描写した姿とは当然ながら変わっていた。椅子の表張りの店や布地屋などは消え、洗練されたアジアン雑貨の店や上品でカラフルなランジェリーショップが並び、店内は清潔な明るい光で満ちている。

父親が手記で書いていた「ラ・ボエム」。興味を持ち、自分でときおり聞くようになっていた。四番の歌詞はこんな情景だった。主人公の画家が若さを失ってから、再びモンマルトルを訪れたときを描いている。

——Quand au hasard des jours.Je m’en vais faire un tour
——A mon ancienne adresse.Je ne reconnais plus
——Ni les murs, ni les rues.Qui ont vu ma jeunesse
——En haut d’un escalier.Je cherche l’atelier
——Dont plus rien ne subsiste.Dans son nouveau décor

――Montmartre semble triste.Et les lilas sont morts
――ある日思い立ってそのあたりをブラついた
――僕の青春を見ていてくれた壁や道路はすっかり変貌していた
――もう面影は何もない
――階段を上って僕のアトリエを探したけれど、何も残っていない
――新しくなったモンマルトルは僕には悲しかった
――リラの花々に囲まれていた日々はもう過ぎ去ってしまった

ケーブルカーの路線に沿った石段の下、シュザンヌ・ヴァラドン広場の横まで来た。石段の周囲にはなだらかなスロープもあり、道幅は六メートルほどだ。数メートルおきに黒い鉄製のやはりアール・ヌーボー様式の街灯が設置されている。夜、光がともればこの道はまた別の美しさを見せるのだろう。

はるか前方には青空の中、サクレ・クール教会が純白の壮麗な姿でそびえ立っ

ている。

坂の三分の一ほどで、左前方の建物の前に、一メートルほどのペガサスの彫像が見えた。父親やガレが暮らしたあのアパルトマンだ。まだ存在していることは事前に確認していたが、実際に目の当たりにすると不思議な気持ちになる。

さらに石段を登り、アパルトマンのすぐ目の前に来た。

さすがに全体が古ぼけ、くすんだ感じになっている。玄関の門扉を縁取る銅製の金具は緑青《ろくしょう》が付きすぎてみすぼらしく見えた。ペガサスの脇に植え込みがあったと手記には書かれていたが、今は駐車スペースになっていて、スクーターが何台か置かれていた。

建物の全体を見たかったので、石段を隔てて六メートルほどの、道の反対側に場所を移動した。

そのまま、視線を上げる。両隣とほぼ同じ様式の、石造りの三階建てのアパルトマン。それぞれの部屋には出窓の下半分に重厚な黒色の手すりがあり、象牙色の建物のアクセントになっている。父親が住んでいた二階の部屋もはっきりと見えた。

――一瞬、体が震えた。

あけ放たれた出窓の内側に、花瓶に生けられた数本の青いリラの花が見えたのだった。父親と自分の時間が混じりあったような軽いめまいを感じた。

小さな狭い部屋なので、やはり年齢の若い学生だろう。もしかすると、同じように絵を目指していたりするのだろうか。


アパルトマンの向かい側に、緑青で覆われた台座に板を渡しただけの古ぼけたベンチがあった。

パリの真夏の太陽は、いつの間にかずいぶん西に傾いていた。教会の左側方向に見える建物の長い影が、周囲をやがて覆いつくそうとしている。

東南アジア系に見えるカップルが何かを楽しそうに語らいながら石段を上がってきた。若かったころの父親もオルガと腕を組み、もつれあうように笑いながら何度もここを通ったはずだ。

強い風が吹き、肩のあたりがすうっと冷えた。真夏の夕暮れでさえこうなら、冬の寒さはずいぶん厳しいのかもしれない。

足がかなり疲れていて、ベンチに座った。木の横板は、夏の陽光をまだその内部にしっかりととどめていた。リュックの脇に入れていた炭酸飲料水オランジーナを取り出し、軽く振ってから口に入れた。

父親が若い日に過ごしたアパルトマン。リラが飾られた部屋に、人影は見えない。窓辺で風に揺れる青色のリラに向けて、希一は心の中で小さく語りかけてみた。父親が、自分の言葉を感じ取れるような気がしたからだ。

――父さんのせいじゃなかったって。リュシーは、そう言ってくれてたよ。それから、みんなが、父さんのことを、好きだったってさ。

静かな風に吹かれながら、ポケットから、手紙を取り出した。すでに何度も読み返した、父親からの最後の手記だった。

——希一。

この長い手記を、例えばこんなふうに終えることだって、できるかもしれない。

♪

「病気のことを知らされたとき、父さんは混乱の極みにあった。自分の人生が、まるで意味のないものだったかのように思われたからだ。

でもモンマルトルでのことや、君への思いを書き続けるうちに、だんだんと変わってきた。なんとなく気持ちが澄み、透明なものになってきたような気がする。

父さんは、十九歳で再びフランスに戻り、人生を変えようとした。自分がなりたいものになろうと、精一杯あがいた。たとえ果たせなくても、精一杯あがいたという事実は、自分のとても大切な財産として残っている。

オルガやガレとの胸が痛くなるような日々の記憶、そして自分が犯した罪への意識も含めて、すべてが今の父さんという人間を形づくった。だからかつての日々を、今になってようやく、きらめきに満ちたものだったと思えるようになった」。

実際に、こんなふうに書いてもみたんだ。

この方が、これから長い時間を生きていく君を力づけるには適切なのかもしれない。

しかし、この文章では父さんは、自分の気持ちをすべて正直に書くと決めた。

たとえ何と言おうが、父さんは、結局絵の道をあきらめた。しかもオルガという優れた女性を失うきっかけを作り、その予兆に気づかなかった。運命をねじ伏せ、変えるような力も意思も持てなかった。やはりあのころの父さんは負けたんだ。涙が出るほど悔しく、とても残念なことなのだけれど。

でもな、そのことと、幸せだったかどうかということは違うんだ。

まず父さんには数は多くないけれど、深く心を通い合わせられる友達がいる。

新聞記者の仕事だって、もちろん大変で、ときにはとても辛いことだってあったけれど、振り返れば楽しいことの方が多かった。

取材させてもらった人の中には、仕事のうえでときには誇りすら捨てさせられ、空っぽにさせられ、最後に組織に裏切られた人だってたくさんいた。そんなことを考えると、少なくとも誇りや尊厳だけは失わずに働けただけでも、それは恵まれていた方なんだ。

そして母さんに出会ったこと、君を子供にもてたこと——それだけでも、父さんは本当に、生まれてきて良かったよ。

やがて二十歳になる君と、酒を飲みながら話したい。父さんは、おいしいシングルモルトをいっぱい知っている。全部、君に教えてやる。

描きためたすべての絵は、パリで廃棄してきてしまった。君は僕の絵は一枚も見たことがないだろう。

一度は絵を志した人間として、魂を込めた絵を、せめて一枚だけでも残しておきたい。だから治療と並行して、これから描き始めるつもりだ。絵筆は久し振りだから、どれだけ満足のいくものになるかわからないけれど。

描くのは誰ともしれない、二十歳ごろの青年の胸像になるだろう。

傲然と眉をあげ、荒々しい視線で彼方を見つめる青年。

その貌《かお》には、自らの力に対する心の底からの自負がみなぎり、運命を思うままにねじ伏せようとする意志があふれている。

君にそういう二十歳になれと言っているわけではない。そうした生き方は、必ずしも幸せなものになるとは限らないだろうから。

描こうとする絵は、父さんが夢見た生き方へのオマージュだ。

君の元にたった一枚しか残らないかもしれない絵を、自分自身のためだけに描くことを許して欲しい。

――希一。

母さんももういない中で、もし自分まで死んでしまえば、君は本当に一人になってしまう。十五歳という年齢は、一人になるには早すぎる。

今の君にとって父さんの存在が大事なものかどうかはわからないが、君を一人にはしたくない。

だけど、やむなくそうなってしまったときのために、覚えておいて欲しい言葉をここに書いておく。母さんが残した、君を守る言葉だ。

今も父さんは、君が生まれた日のことを思い出す。

出産を終えた母さんは、生まれたばかりで泣き叫んでいる君を、本当に優しい、そして幸せそうな笑顔で見つめて、こう言ったんだ。

――「楽しいことが、いっぱいあるよ」って。

あのときの母さんは、本当にきれいだった。

それが君の、人生で最初にかけられた言葉だ。君の人生は、この祝福の言葉で始まったんだ。

君にはこれから、大変なことだってたくさん起きてくるだろう。もしかすると、死んでしまいたくなるようなことだって。モンマルトル時代の父さんもそうだった。

もしかすると君自身が人を傷つけ、その苦しさが自分をより深く傷つけ続けてしまうことすらあるかもしれない。

でも、覚えておいてくれ。

君がどんなに辛くても、「楽しいことが、いっぱいあるよ」という母さんの言葉が、不思議な力で君を守り続けてくれる。それは君の人生を最初から最後まで、いつまでも支えてくれる祝福の言葉なのだから。

そしていつか大切な人を失うことがあっても、きっとまた別の大切な人に君は出会う。オルガを失った後、父さんが母さんに出会ったように。

よく晴れた真夏の夕暮れに　北川周輔

参考文献

●『パリ中世の美と出会う旅』（木俣元一・芸術新潮編集部編／新潮社）
●『モンマルトル／モンパルナス――パリ美術散歩』（向田直幹／講談社文庫）
●『モンマルトル 青春の画家たち』（益田義信・双葉十三郎・熊瀬川紀／新潮社）
●『若いヨーロッパ――パリ留学記』（阿部良雄／中公文庫）

青い記憶

田村優之

2016年5月5日　第1刷発行

発行者　長谷川 均
発行所　株式会社ポプラ社
〒一六〇-八五六五　東京都新宿区大京町二二-一
電　話　〇三-三三五七-二二一二（営業）
　　　　〇三-三三五七-二三〇五（編集）
振　替　〇〇一四〇-三-一四九二七一
ホームページ　http://www.poplar.co.jp/ippan/bunko/
フォーマットデザイン　緒方修一
組版・校閲　株式会社鷗来堂
印刷・製本　凸版印刷株式会社

N.D.C.913/307p/15cm
ISBN978-4-591-15017-7
JASRAC出1604146-601
落丁・乱丁本は送料小社負担でお取り替えいたします。
小社製作部宛にご連絡下さい。
製作部電話番号　〇一二〇-六六六-五五三
受付時間は、月～金曜日、9時～17時です（祝祭日は除く）。